俄苏文学经典译著·长篇小说

柯罗连科（1853—1921）

俄国作家、社会活动家。学生时代因抗议当局逮捕进步学生，被开除学籍。后数次被捕流放。1885年流放归来，发表短篇小说《马卡尔的梦》，描写雅库特农民的生活。1886年完成小说《盲乐师》。晚年发表自传体小说《我的同时代人的一生》（4卷），反映俄国知识分子所经历的道路。

Слепой музык ант.

Korolenko

俄苏文学经典译著·

长 篇 小 说

Russian

Literature

Classic.

NOVEL

盲乐师

[俄] 柯罗连科 著

张亚权 译

三联书店

图书在版编目（CIP）数据

盲乐师 /（俄罗斯）柯罗连科著；张亚权译. —北京：生活·读书·
新知三联书店，2018.11
（俄苏文学经典译著·长篇小说）
ISBN 978 - 7 - 108 - 06380 - 9

Ⅰ. ①盲...　Ⅱ. ①柯...②张...　Ⅲ. ①长篇小说–俄罗斯—近代
Ⅳ. ①I512.44

中国版本图书馆CIP数据核字（2018）第196361号

责任编辑　陈丽军
封面设计　樱　桃
责任印制　黄雪明
出版发行　生活·讀書·新知　三联书店
　　　　　（北京市东城区美术馆东街 22 号）
邮　　编　100010
印　　刷　常熟市人民印刷有限公司
排　　版　南京前锦排版服务有限公司
版　　次　2018 年 11 月第 1 版
　　　　　2018 年 11 月第 1 次印刷
开　　本　650 毫米×900 毫米　1/16　印张　12
字　　数　128 千字
定　　价　42.00 元

俄苏文学经典译著

出版说明

本丛书是对中国左翼作家所译俄苏文学经典一次系统的整理和展现，所辑各书均为名家名译，这不仅是文献和版本意义上的出版，更是对当时红色文化移植的重新激活。

早在1948年生活书店、读书出版社、新知书店合并为生活·读书·新知三联书店前，三家出版社就以引介俄苏经典文学和社会理论图书等为己任。比如1937年生活书店出版托尔斯泰的《安娜·卡列尼娜》，1946年新知书店出版《钢铁是怎样炼成的》。1949年以后，虽然也有出版社对俄苏文学经典进行重译、重编，但难免失去了初始的本色，并且遗失了些许当时出版的有价值的译著；此外，左翼作家的译介因其"著译合一"的特点，在众多译本中，自有其价值；更重要的是，这些文学经典蕴含的对生活的热情、对信仰的坚守、对事业的激情在今天亦鼓动人心，能给每一位真诚活着的人以前行的动力。因此，系统地整理出版左翼作家翻译的俄苏文学经典是必要的。

我们在对书稿进行加工时，主要遵循了以下原则：

一、本丛书为重排本，由繁体字竖排版改为简体字横排版。

二、忠实原作，保持原译语言风格及表现方式；对书中人物及相关译名除必要的规范基本保留。

三、原书注释如旧，编者所出的注释，均以"编者注"标明，以示与原书注释的区别。

四、对原书中各种错讹脱衍之处，直接订正。

五、数字只要统一、规范，基本沿用；对标点符号的用法，尽可能做到规范。

六、在不影响原译意的情况下，对个别表述可能有歧义的字句进行必要斟酌处理。

俄苏文学经典译著

总　序

　　生活·读书·新知三联书店推出"俄苏文学经典译著·长篇小说"丛书，意义重大，令人欣喜。

　　这套丛书撷取了1919至1949年介绍到中国的近50种著名的俄苏文学作品。1919年是中国历史和文化上的一个重要的分水岭，它对于中国俄苏文学译介同样如此，俄苏文学译介自此进入盛期并日益深刻地影响中国。从某种意义上来说，这套丛书的出版既是对"五四"百年的一种独特纪念，也是对中国俄苏文学译介的一个极佳的世纪回眸。

　　丛书收入了普希金、果戈理、屠格涅夫、陀思妥耶夫斯基、托尔斯泰、高尔基、肖洛霍夫、法捷耶夫、奥斯特洛夫斯基、格罗斯曼等著名作家的代表作，深刻反映了俄国社会不同历史时期的面貌，内容精彩纷呈，艺术精湛独到。

　　这些名著的译者名家云集，他们的翻译活动与时代相呼应。20世纪20年代以后，特别是"左联"成立后，中国的革命文学家和进步知识分子成了新文学运动中翻译的主将和领导者，如鲁迅、瞿秋白、耿济之、茅盾、郑振铎等。本丛书的主要译者多为"文学研究会"和"中国左翼作家联盟"的成员，如"左联"成员就有鲁迅、茅盾、沈端先（夏衍）、赵璜（柔石）、丽尼、周立波、周扬、蒋光慈、洪灵菲、姚蓬子、王季愚、杨骚、梅益等；其他译者也均为左翼作家或进步人士，如巴金、曹靖华、罗稷南、高植、陆蠡、李霁野、金人等。这些进步的翻译家不仅是优秀的译者、杰出的作家或学者，同时他们纠正以往译界的不良风气，将翻译事业与中国反帝反封建的斗争结合起来，成为中国新文学运动中的一支重要力量。

这些译者将目光更多地转向了俄苏文学。俄国文学的为社会为人生的主旨得到了同样具有强烈的危机意识和救亡意识，同样将文学看作疗救社会病痛和改造民族灵魂的药方的中国新文学先驱者的认同。茅盾对此这样描述道："我也是和我这一代人同样地被'五四'运动所惊醒了的。我，恐怕也有不少的人像我一样，从魏晋小品、齐梁词赋的梦游世界中，睁圆了眼睛大吃一惊的，是读到了苦苦追求人生意义的19世纪的俄罗斯古典文学。"[1]鲁迅写于1932年的《祝中俄文字之交》一文则高度评价了俄国古典文学和现代苏联文学所取得的成就："15年前，被西欧的所谓文明国人看作未开化的俄国，那文学，在世界文坛上，是胜利的；15年以来，被帝国主义看作恶魔的苏联，那文学，在世界文坛上，是胜利的。这里的所谓'胜利'，是说，以它的内容和技术的杰出，而得到广大的读者，并且给予了读者许多有益的东西。它在中国，也没有出于这例子之外。""那时就知道了俄国文学是我们的导师和朋友。因为从那里面，看见了被压迫者的善良的灵魂，的酸辛，的挣扎，还和40年代的作品一同烧起希望，和60年代的作品一同感到悲哀。""俄国的作品，渐渐地绍介进中国来了，同时也得到了一部分读者的共鸣，只是传布开去。"鲁迅先生的这些见解可以在中国翻译俄苏文学的历程中得到印证。

中国最初的俄国文学作品译介始于1872年，在《中西闻见录》的

---

[1] 茅盾：《契诃夫的时代意义》，载《世界文学》1960年1月号。

创刊号上刊载有丁韪良（美国传教士）译的《俄人寓言》一则。[1] 但是从 1872 年至 1919 年将近半个世纪，俄国文学译介的数量甚少，在当时的外国文学译介总量中所占的比重很小。晚清至民国初年，中国的外国文学译介者的目光大都集中在英法等国文学上，直到"五四"时期才更多地移向了"自出新理"（茅盾语）的俄国文学上来。这一点从译介的数量和质量上可以见到。

首先译作数量大增。"五四"时期，俄国文学作品译介在中国"极一时之盛"的局面开始出现。据《中国新文学大系》（史料·索引卷）不完全统计，1919 年后的八年（1920 年至 1927 年），中国翻译外国文学作品，印成单行本的（不计综合性的集子和理论译著）有 190 种，其中俄国为 69 种（在此期间初版的俄国文学作品实为 83 种，另有许多重版书），大大超过任何一个国家，占总数近五分之二，译介之集中可见一斑。再纵向比较，1900 至 1916 年，俄国文学单行本初版数年均不到 0.9 部，1917 至 1919 年为年均 1.7 部，而此后八年则为年均约十部，虽还不能与其后的年代相比，但已显出大幅度跃升的态势。出版的小说单行本译著有：普希金的《甲必丹之女》（即《上尉的女儿》），陀思妥耶夫斯基的《穷人》《主妇》（即《女房东》），屠格涅夫的《前夜》《父与子》《新时代》（即《处女地》），托尔斯泰的《婀娜小史》（即《安娜·卡列尼娜》）、《现身说法》（即《童年·少年·青年》）、《复活》，柯罗连科的《玛加尔的梦》和《盲乐师》、路卜洵的《灰色马》、阿尔志跋绥夫的《工人绥惠略夫》等。[2] 在许多综合性的集子中，俄国文学的译作也占重要位置，还有更多的作品散布在各种期刊上。

其次翻译质量提高。辛亥革命前后至"五四"高潮前，中国的俄国

---

[1] 可参见笔者在《二十世纪中俄文学关系》（学林出版社，1998；高等教育出版社，2002）中的相关考证。

[2] 这套丛书中收入了这一时期鲁迅译的阿尔志跋绥夫的《工人绥惠略夫》（商务印书馆，1922）和张亚权、耿济之译的柯罗连科的《盲乐师》（商务印书馆，1926）。

文学译介均为转译本，且多为文言。即使一些"名家名译"，如戢翼翚译的普希罄《俄国情史》（即普希金《上尉的女儿》，1903）、马君武译的托尔斯泰的《心狱》（即《复活》，1914）、林纾和陈家麟合译的托尔斯泰的《罗刹因果录》（收八篇短篇，1915）等，也因受当时译风的影响，对原作进行改动或发挥之处颇多，有的译作几近于演述。1919年以后，译者队伍与译风发生了根本上的变化。一批才气横溢的通俄语的年轻人加入了俄国文学作品翻译的队伍，其中有瞿秋白、耿济之、沈颖、韦素园、曹靖华等。以本套丛书入选本最多的译者耿济之为例。耿济之早年在俄文专修馆学习，1919年在《新中国》杂志上发表最初的译作，即托尔斯泰的《真幸福》（即《伊略斯》）和《旅客夜谭》（即《克莱采奏鸣曲》）等作品。20年代初期，耿济之又有果戈理的《马车》和《疯人日记》、赫尔岑的《鹊贼》、屠格涅夫的《村之月》、奥斯特洛夫斯基的《雷雨》、托尔斯泰的《家庭幸福》和《黑暗之势力》、契诃夫的《侯爵夫人》等重要译作。此后他一发不可收，数十年间译出了大量的俄国文学名著，是中国早期产量最多和态度最严肃的俄国文学译介者。当然，这时期仍有相当一部分翻译家依然利用其他语种的文字在转译俄国文学作品，如鲁迅、周作人、李霁野、郑振铎、赵景深、郭沫若等。这些译者大多学养深厚，译风严谨。鲁迅在20年代前期和中期译出了阿尔志跋绥夫的《工人绥惠略夫》《幸福》《医生》和《巴什唐之死》、安德列耶夫的《黯淡的烟霭里》和《书籍》、契诃夫的《连翘》、迦尔洵的《一篇很短的传奇》等不少俄国文学作品。尽管是转译，但翻译的水准受到学界好评。

　　20世纪二三十年代，中国文坛开始引进苏俄文学。1931年12月，瞿秋白在给鲁迅的信中谈到：有系统地译介苏联文学名著，"这是中国普罗文学者的重要任务之一"[1]。不少出版社在20年代末相继推出

---

[1] 瞿秋白：《论翻译》，见《瞿秋白文集》第2卷，人民文学出版社1954年版。

"新俄文学"作品专集。最早出现的是由曹靖华辑译、北平未名社1927年出版的《白茶（苏俄独幕剧集）》一书。而后，鲁迅、叶灵凤、曹靖华、蒋光慈、傅东华、冯雪峰和郭沫若等辑译的各种苏联文学作品集相继问世。这一时期，译出了不少活跃于十月革命前后的苏俄著名作家的作品。比较重要的有：拉夫列尼约夫的《第四十一》、革拉特珂夫的《士敏土》、绥拉菲莫维奇的《铁流》、法捷耶夫的《毁灭》、聂维罗夫的《不走正路的安得伦》、雅科夫列夫的《十月》、伊凡诺夫的《铁甲列车Nr. 14-6》、富曼诺夫的《夏伯阳》、肖洛霍夫的《静静的顿河》（前两部）和《被开垦的处女地》、奥斯特洛夫斯基的长篇小说《钢铁是怎样炼成的》、诺维科夫-普里波伊的《对马》、马雅可夫斯基的诗集《呐喊》、爱伦堡等人的报告文学集《在特鲁厄尔前线》和阿·托尔斯泰的剧本《丹东之死》等。

　　这一时期，作品被译得最多的作家是高尔基。最早出现的是宋桂煌从英文转译的《高尔基小说集》（上海民智书局，1928）。这部小说集中载有《二十六个男和一女》和《拆尔卡士》（即《切尔卡什》）等五篇作品。最早出现的单行本是沈端先（即夏衍）从日文转译的高尔基的《母亲》。[1] 30年代中国出版的有关高尔基的文集、选集和各种单行本更多，总数达57种，如鲁迅编的《戈里基文录》、瞿秋白译的《高尔基创作选集》、黄源编译的《高尔基代表作》、周天民等编选的《高尔基选集》（六卷）等。此外问世的还有：鲁迅等译的短篇集《恶魔》和《俄罗斯的童话》、史铁儿（即瞿秋白）译的《不平常的故事》、巴金译的短篇集《草原故事》、丽尼译的《天蓝的生活》、钱谦吾（即阿英）译的《劳动的音乐》、蓬子译的《我的童年》、王季愚译的《在人间》、杜畏之等译的《我的大学》、何素文译的《夏天》、何妨译的《忏悔》、罗稷南译的《四十年间》、赵璜（即柔石）译的《颓废》（即《阿尔达莫诺夫家

---

[1] 该书1929年由上海大江书铺出版第一部，次年出版第二部。

的事业》）、钟石韦译的《三人》、李谊译的《夜店》（即《底层》）和贺知远译的《太阳的孩子们》等。

进入 20 世纪 40 年代，由于苏德战争和太平洋战争的爆发，中国文坛把自己的目光转向了苏联卫国战争文学。1942 年在上海创刊（1949年终刊）的《苏联文艺》发表的各类作品的总字数达六百多万字，其中大部分是反映苏联卫国战争的文学作品。此外，仅就单行本而言，各出版社出版或重版的此类书籍的数量有百余种之多。这些作品极大地鼓舞了中国人民反抗外族入侵和黑暗统治的斗志。也许今天的人们已经淡忘了它们，有些作品从艺术上看似乎也有些逊色。但是，其中经受住了历史检验的优秀之作，仍值得我们珍视。这一时期，苏联其他一些文学作品也有译介。值得一提的有：肖洛霍夫的《静静的顿河》（全译本）、叶赛宁、勃洛克和马雅可夫斯基合集的《苏联三大诗人代表作》、阿·托尔斯泰的《苦难的历程》和《彼得大帝》、费定的《城与年》、奥斯特洛夫斯基的《暴风雨所诞生的》、潘诺娃的《旅伴》、克雷莫夫的《油船德宾特号》、波列伏依的《真正的人》、卡达耶夫的《时间呀！前进》、列昂诺夫的《索溪》、冈察尔的《旗手》（第一部）、包戈廷的剧本《带枪的人》《苏联名作家专集》（共五辑）等。其中不少名著在这一时期初次被译成中文。可以说，至 20 世纪 40 年代末，苏联重要的主流文学作品译介得已相当全面。

1919 年以后的 30 年间，译介到中国的俄苏文学作品产生了巨大的影响。钱谷融教授曾经生动地描述过抗战时期他随学校迁至四川偏远小城，在那里迷上俄国文学的一些情景。他还表示自己"是喝着俄国文学的乳汁而成长的"，"俄国文学对我的影响不仅仅是在文学方面，它深入到我的血液和骨髓里，我观照万事万物的眼光识力，乃至我的整个心灵，都与俄国文学对我的陶冶薰育之功不可分。我已不记得最先接触到的俄国文学名著是哪一本了，总之是一接到它就立即把我深深地吸引住了，使我如醉如痴，使我废寝忘食。尽管只要是真正的名著，不管它是英、美的，法国的，德国的，还是其他国家的，都能吸引我，都能使我迷醉。但是论其作品数量之多，吸引我的程度之深，则无论哪一国的文学，都比不上俄国文学"。这样的感受和评价在那一时代的知识分子中并不罕见。

由于社会的、历史的和文学的因素使然，中国知识分子（特别是左翼知识分子）强烈地认同俄苏文化中蕴含着的鲜明的民主意识、人道精神和历史使命感。红色中国对俄苏文化表现出空前的热情，俄罗斯优秀的音乐、绘画、舞蹈和文学作品曾风靡整个中国，深刻地影响了几代中国人精神上的成长。除了俄罗斯本土以外，中国读者和观众对俄苏文化的熟悉程度举世无双。在高举斗争旗帜的年代，这种外来文化不仅培育了人们的理想主义的情怀，而且也给予了我们当时的文化所缺乏的那种生活气息和人情味。因此，尽管中俄（苏）两国之间的国家关系几经曲折，但是俄苏文化的影响力却历久而不衰。

在中国译介俄苏文学的漫漫长途中，除了翻译家们所做出的杰出贡献外，还有无数的出版人为此付出了艰辛的努力，甚至冒了巨大的风险。在俄苏文学经典的译著中，我们常常可以看到商务印书馆、中华书局、开明书店、文化生活出版社等出版社的名字，也常常可以看到三联书店的前身生活书店、读书出版社、新知书店的名字。这套丛书中就有：生活书店 1936 年出版的、由周立波翻译的肖洛霍夫的小说《被开垦的处女地》，生活书店 1936 年出版的、由王季愚翻译的高尔基的小说《在人间》，生活书店 1937 年出版的、由周扬和罗稷南翻译的列夫·托尔斯泰的小说《安娜·卡列尼娜》，新知书店 1937 年出版的、由梅益翻译的普里波伊的小说《对马》，读书出版社 1943 年出版的、由王语今翻译的奥斯特洛夫斯基的小说《从暴风雨里所诞生的》，新知书店 1946 年出版的、由梅益翻译的奥斯特洛夫斯基的小说《钢铁是怎样炼成的》，生活书店 1948 年出版的、由罗稷南翻译的高尔基小说《克里·萨木金的一生：四十年间》。熠熠生辉的名家名译，这是现代出版界在中国文化发展史上写就的不可磨灭的一笔。这套丛书的出版也是三联书店文脉传承的写照。

尽管由于时代的发展，文字的变迁，丛书中某些译本的表述方式或者人物译名会与当下有所差异，但是这些出自名家之手的早期译本有着独特的价值。名译与名著的辉映，使经典具有了恒久的魅力。相信如今的读者也能从那些原汁原味的译著中品味名著与译家的风采，汲取有益的养料。

陈建华

2018 年 7 月于沪上西郊夏州花园

柯罗连科像

目　录

耿序 / 1

自序 / 1

第一章 / 1

第二章 / 21

第三章 / 47

第四章 / 67

第五章 / 78

第六章 / 108

第七章 / 159

尾　声 / 165

耿　序

　　挚友张亚权爱好俄国文学。当他与我同在俄国，朝夕一同办事的时候，我每劝他译几部最心爱的俄文学作品，以献国人。他首先选出柯罗连科的《盲乐师》一书，说这是他平日最爱读的一书。我当时极力怂恿他着手译出。他答应了，却以我替他校阅和作序为条件。

　　事隔两年，亚权早于一年前回国去。从信札里我晓得他的译述虽然走得极慢，却没有停顿。新近他译成后特地将稿本邮寄来，要求我履行条件。我也是爱读《盲乐师》之一人，怎能不乐为之序呢?

　　《盲乐师》是一本精密的心理分析的作品。它叙述了一个生而盲目的人怎样借听觉、触觉等的印象力，在心理、知识、道德和社会各方面发展；怎样愿意领受着趋向着一生无福享受，为造化所吝而不与的光明。盲乐师从小处在美满的家庭里，从未受过外界的折磨和物质方面的困苦。他的环境是天造地设为常人所不易得到的：既有慈母，是为人模范的，聪明而有学问的妇人；又有舅父玛克西姆，勇于任事，富有经验学识，以人道主义为怀，所谓"六十年代"的英雄；复有终身爱他的腻友而兼妻子，禀性幽静的爱威立那。母亲用她的慈爱陶养他，玛克西姆用他平生的学识教育他，爱威立那用她纯洁的爱情吸引他。这使他能成为一个有教育，有幸福，毫不感觉着缺憾的青年。

但是教育和感化的力量终敌不过人类天然的本能，盲人仍旧要寻找那不可能得的光明：他为着光明痛苦着，为着光明几乎一病至死。终究他只能安于悲苦的命运，发展他音乐的天才，从音乐里得到人生的兴趣和目的，还行使博爱的精神，使周围无穷数不幸的人得到一点帮助。

柯罗连科是具有一定主义和见解的文学家，是深沉地观察人生的文学家，同时却能把那现实的思想和人生装在"美"的形式里。这是柯氏作品的特点。《盲乐师》一书便是柯氏发挥他这种艺术特点的一部作品。此书简直可作为音乐读，简直就是一部好乐谱。书中有几处，如"盲孩嗜爱音乐"，"与爱威立那叙情"等数段，读者尤能见作者艺术的手段。同时的俄文学家柴霍夫读此书时注意到这一点。柯勒基说，托尔斯泰读此书时也曾问过别人，柯氏是否为音乐家。柯氏也自述他写小说时每字每句都要使其各得其所、互相谐协，如编乐谱一般。

柯罗连科的《盲乐师》出世以后，颇引起当时俄国文学批评界的辩论。因为柯氏此书的主旨在于盲人心理的分析。"本书根本的心理的主旨为本能上对于光明有机的趋向。书中主要人物心灵上的危难及其解决都由于此。"（柯氏《盲乐师》第六版自序）但是有许多批评家不承认生而盲目的人有本能上对于光明的趋向。如罢邱施阔夫（F. D. Bachushkof）说："别人的心灵是最黑暗不过的所在，所以生而盲的人本不知光明为何物，有否天生本能上对于光明的趋向？这个问题仅选择各种外界的观察即可完全加以'一概抹杀'的解决是不可能的。……"文格洛夫（S. A. Vengeroff）也说："《盲乐师》用极大的艺术写成，其中有许多好的章段，但作者的主旨——心理上描写生而盲的人对于外界观念的发展——不能认为成功。"

不过我们就文学论文学，《盲乐师》本来是文学作品，并非严密的科学著作。对于这方面许多批评家差不多一致承认《盲乐师》为有价值的文学作品。意大利批评家钦波里（Chiampoli）曾言："《盲乐师》可归在现代欧洲文学最好的作品内，几与诸名著相邻……"阿亨瓦尔德（U. Aihenwald）在《俄著作家影像》一书内对于《盲乐师》也有极好的批评。

至于我友张亚权的译文经我校阅一过，文字和意思方面都无若何错误。译笔亦极忠实，固然略嫌不甚华丽。书中有不少难译处，却是极重要，极传神之笔。亚权在翻译时颇用工夫。译成后我总觉与原文稍有不能传达真情的地方，校阅时颇想加以修改，可是想了半天，也找不到适当的中文比原译稿更好的足以传递原文流利秀美的语调。一方固然惭愧我译文学的艺术之浅，他方亦可见本书之难译。这是我校阅时的一点意思，写在上面。

本书已有张君闻天的译本，据说是从英文译的。但是文学作品的重译不但没有什么妨碍，而且还可得切磋之效。至于这两译本孰优孰劣，我不敢轻加批评，因为两本系自两种文字译成。张闻天的译本或许有与原文不符之处，但是其错误或许归在他所根据的英译本身上，亦未可知。这是我不敢轻加批评的原因。

一九二五年三月三十日　耿济之序

自　序

　　我国近年来社会上一般的学者，努力于翻译的人实在不算少。然而能求他字斟句酌将原文的本意完全译出，恐怕不可多见。我尝谓译书之难莫难于文学。因为各国文学，都有各国文学的优点，译者想把那种的优点移到自己的国语方言上，不但两国的风俗民情以及文法构造，势有难相符合。即本人笔墨能否皆曲尽周详，谈理则层次不紊，使阅者步步深入，无隔阂难明之苦，如身临其境，有近悦远玩之乐，实在不可必定。那么唯一补救的法子，就是国中译者对于文学作品不妨重译总期其明显精确而后已。曩者，余在俄国时读俄国文学家柯罗连科所著《盲乐师》一本，见其中描写盲人心理及对于光亮与环境等等的想象非常精微入理。所以鄙人始从而译之。比功及垂成，见报端载张君闻天亦有此种译本已先我而出，故将未竟之稿搁置。旋由俄回国，见张君闻天之译本，系由英文中译出者，不但篇章节目与原著不同，即一切情事及作者主要的理论，亦有许多缺略下去的，如第四章第四节原著中有"人就像无尽头生活锁链上的一只铁一般，不过这条铁锁赖人而递传，从遥远的已过牵引到无尽头的将来……"这都是精华所在，而张君闻天之译本中都予简略下去，不能不让人有些遗憾。所以鄙人虽不能文，然以矫枉杜弊之心切，故又将已停顿之工作继续完成之，以附精益求精、确益求确的意思。如果将来的同志们将此译本之不足，再为指出，是尤为鄙人之所至盼，尚望读者有以教我。

一九二四年五月二十一月译者志子京邸

第一章

一

一日夜深，西南部一富家生了一子。青年的母亲此时已躺在那里晕迷过去。然当屋中飞出来新生子第一次隐弱哀怜哭声的时候，她闭着双眼，在床上翻来覆去地辗转。她的嘴唇一动，喃喃地也不知说些什么。在她灰白儿童般柔顺的脸上，露出来因为不可忍耐痛苦的那种挤眉弄眼的样子，就像娇惯孩子吃了那未尝经惯的苦味一般。

产婆将耳倾侧到她那小声咕噜的嘴唇旁边。

病者问道："因为什么……她因为什么？"她这问话的嗓音刚刚

地可以听着。

产婆没明白她问的是什么。小孩又哭起来了。那病人脸上显出非常痛苦的样子来，从那合闭的眼睛里，可就流出泪珠来了。

她那两片嘴唇又像初次似地低声问道："因为什么，因为什么？"

这次产婆明白她的问话了，于是不慌不忙地答道："啊，你问的不是小孩因为什么哭吗？都是这样子，你不必着急。"

但是母亲并不能平稳下去，小孩哭一声，她就抖嗦一次，并且带着似发怒似难忍的样子不住地重问：

"因为什么……那个样子……那样子的厉害？"

老产婆并没有在那小孩子哭啼声中听出什么特别的地方，又看见她在那种晕迷之中以为是胡说谵话，可就扔开她，去照顾小孩子去了。

少母住口不说了，可是她那非举止非语言可能表现出来的极端苦痛，时时地从她眼睛里挤出大泪珠来。这些泪珠从她厚密眼毛里滴沥出来，轻轻地从那大理石般柔白的两颊上滚下去。

也许是母亲的心中已经感觉出来，随这新生子有一种黑暗无出路的痛苦一同落到世间上，现在这痛苦已系拴在摇床上，要伴随这新生命以至终老就墓之日了。

虽然，或者这也许是真正谵语。无论谵语不谵语，而这生下来的孩子是个瞎子，确是没有错误的。

二

起首儿谁也没理会出来。这小孩儿也像所有的那些新降生的孩子们一样，在一定期间之前，带着那种昏朦不明的眼神各处张看。光阴一天一天地那么样推移，这新降生孩子的寿命要计算起来，也就得说多少个礼拜了。他的眼睛明朗了，所有的那种云朦也都退去，瞳子也明确了。可是小孩永远也不掉转过脑袋，去看那被雀鸟歌啭愉快声和窗下园中林木动摇声所送进屋来的明亮的光线。母亲刚病好，她看到小孩脸面上那种奇异的神气，就非常着急，因为他的脸面老是放在那里不动，还带着非孩子们所应有的庄重的样子。

青年的妇人每逢看见旁人好似受惊怕的斑鸠一般，必定问："请你告诉我，因为什么他那样子？"

"那样子？他和一般同年龄的孩子们一点也没有区别。"旁人都是这样平心静气地回答她。

"请你瞧瞧，何等奇怪，他找什么东西都是这样的用手去摸……"

"这是因为小孩还没能够到那手眼合一的时候呢！"这是医生回答她。

"因为什么他永远往一方向去瞧呢？……他……他瞎吗？"这句可怕的猜想忽然间就从母亲的脑中脱出，谁也不能够安慰她。

医生将孩子抱在手里急速地把他转过对着太阳，看他的眼睛。他也有一点着急了，不三不四地说了几句敷衍的话，应承着过两三天再来瞧一趟，就走了。

母亲把小孩紧贴在胸脯上，哭将起来，周身发抖，好似受枪的雀鸟一般，可是孩子的眼睛，还是照旧用那不动和严涩的眼神瞧看。

医生过了两天带着检眼镜果然来了。他点上蜡烛将它拿到小孩眼睛前面，然后再将它撤开一些。医生瞧着他的眼睛，最后带着不高兴的样子，说道："可惜这个孩子，太太呀，你实在没曾说错……他实在是个瞎子，并且还是没有希望的……"

母亲带着一种沉闷的愁容听了这个消息。

她无精打采地说道："我早就晓得了。"

三

盲孩子所降生的这个人家，人口并不多，除去以上所述过几个人外，还有父亲和舅父玛克西姆（而舅父玛克西姆这个名字也是家中人等及众人公共的称呼）。父亲和西南部普通乡间大地主一样，他为人浑厚和善，又精于监视工人做工，此外如建筑机磨和改筑机磨等等的事情他都很爱做的。就是这个就把他所有的工夫都分去了，所以除吃早饭晚饭或其他类此事体有一定的时间外，他的嗓音在家里很难听见。在家里的时候，他还有一句永远必说的话："我那可爱的人哪，你可健康啊？"随后就坐在桌子旁边，除有时讲及机器上的橡木轴和两齿轮的情形以外，差不多什么也不说。所以他那安静好乐的生活很少影响到他儿子精神的结构上去。

至于舅父玛克西姆简直又是一种性质了。在编辑此篇事迹十年以前，舅父玛克西姆那种好格斗的劲儿不但近处著名，就是在基耶夫各市场上也没有不晓得的。大家都很奇怪，怎么像波抛立斯基夫人娘家杨成克那种尊贵的家庭里能够有这样的一位哥哥呢？谁也不晓得应该怎样对付他，用什么言语才能取他的满意。那些上等贵人对他表示一种敬意，他倒以恶言相对；至于对于一般乡下人那种任意粗暴劲儿，虽然上等社会中最老实的人也必一定要打他几个嘴巴的，玛克西姆反能安然受之。到后来玛克西姆不知为啥缘故恨恶奥大利人过甚就住意大利去了。他一走你说怎么样，所有那些安分守己的人们都非常庆幸起来了。到了这个地方他和一个也是好格斗、不信宗教的割立巴立基派交结起来了。据一般大地主们带着几分恐怖的样子传说，这割立巴立基[1]和一鬼怪结为兄弟，非常轻侮神父。玛克西姆既是和这路人来往，他那不踏实无着落的心性自然是终身没有好盼望咧，可是基耶夫各市镇上从此算稀少了纷争，就是那一方为严母的从此也不必提心吊胆深恐孩子们在外生事了。

奥国人也有点咬牙切齿地怒恨舅父玛克西姆。在一般地主们向来所最爱看的那个《邮差》报报告栏内，时常遇见玛克西姆的名儿，直至该报传说他同战马死在战场上之日为止。后来又在那种《邮差》报上登载说怒恨玛克西姆的奥大利人从前摩拳擦掌地等着打那强悍的恣暴者的（按意大利人的公意以为割立巴立基所以能支持的缘故赖玛克西姆一人的力量），有一天把他可就用刀切了，如同切菜一般。

波兰人想念"玛克西姆死得很惨"。他们认为这是罗马教皇教化不善的结果，人人都以为玛克西姆是死了。

其实，正与一般人所想见的相反，奥国人的刀并没有把玛克西姆那偏执的灵魂赶出，虽然他的身骸是伤得很重，究竟他的灵魂依然存

---

[1] 当十八世纪在意大利有割立巴立基者组织一党专为争取人民的自由，该氏即为党魁。世人遂以其人名作其党之名，凡入其党皆呼为割立巴立基耶赤。

在。割立巴立基的格斗党羽把他们珍贵的朋友从骸骨堆中抬出,送到某处的一个医院内调治去了。于是过了几年的工夫,玛克西姆忽然有一天就来到他妹妹家里,一直就住下去。

现在他也不能够再和别人决斗。右脚已经完全让人割去,所以他拄着拐杖走路;左手也是伤的,仅仅可用以扶着拐杖就是了。前后比较起来,他的性情此刻倒是冷静稳重了,不过有时他那舌头还是很厉害,比钢刀差不多儿。从此他止足不往基耶夫市镇上去,在人群热闹的地方露面的时候也很少。多半的时光他都是在自己书房里看着书消磨去了。他所看的也都是人家所不晓得的,然而可一定是不信奉上帝的各种书籍。他自己好好歹歹也有点儿著作,因为没曾在《邮差》报上登过,所以谁也没曾看得起。

当这乡村房屋里添了这个小孩慢慢生长的时候,舅父玛克西姆头上短发里边已经露出来银色的毫毛。两只肩膀因为整日里拄着拐杖突起很高,身体变成了一个正方形儿。奇怪的外表,怒闷闷移动的眼眉,拐杖的敲打声音和那总是每日围绕他那烟圈儿(因为烟斗时刻不离口)——这都是使旁人恐惧的利器。独有这残疾人的近人们晓得他四肢虽然不全,而内中所沸腾的可是极爽快与和善的心肠,至于满生密发的方颅里则有澎湃活泼的思想不住循环。

当时就是他的亲近人们也并不晓得他研究的是一种什么问题。他们不过看见舅父玛克西姆在那蓝色烟雾里时常带着如梦似醒的那种眼神,奇奇怪怪地动弄他那两道浓眉,好几个好几个钟头地坐在那里不动位儿。残疾的战士当思想生活系一种战争,战争里没有残疾人立足的地位。他此后终身是不能再入战团了,就是现在他也不过徒占着人的一块地方而已。他以为现在他成了一个被打下战马落入尘埃的一个武士。若是人和蚯蚓一般在土壤里盘转，这不是太无昂气吗？若是攀着马上将军的鞍蹬央求怜悯以图留他一念生机，这不是太羞耻怯懦吗？

当舅父玛克西姆秉着冷静男子之气用是非之理来做标准以讨论如火如荼那种思想的时候，在眼帘之前就现出来命中注定生而残废的新生命来了。起初他并没留神这盲孩子，到后来这孩子命运上的奇异的地方，和他自己的很有些相同之点，所以不能不使舅父玛克西姆渐渐注意。

有一天他睨视着这个孩子独自念道："唔……是……这个小孩儿也是一个残疾人。若是把我们两个凑在一块儿，虽然勉强，究竟也可成一个完全的人。"

从此以后，他的眼光渐渐地注重起这个孩子来了。

四

小孩子一降生就是个瞎子，虽然是件不幸，这是谁的过错呀？谁也无过错。就其中，不但没有旁人坏意思参加的影儿，就是这不幸的原因还隐藏在神秘繁杂生活历程的深处呢。母亲无论从哪方面去看她的盲子，因为疼痛悲伤的缘故，心头总是收缩成一个团儿。孩儿日后有何疾患困苦，种种现象，现在都罗列在那里等着他呢，为母亲的业已预先感觉出来，哪能不为儿子担忧抱痛呢。除此以外，少妇心里还有一种意思就是认这不幸的原因完全都在父母的身上。……因此这有眼无明的小孩遂足为家中的主脑人物和不自觉的专制暴君了。设或这专制者稍一恣意，则家中上下莫有不委曲逢迎的。设使不吉祥的命运和奥国的钢刀不逼迫舅父玛克西姆移住到乡间，即使到乡间又不移住在妹妹家里，大家因为怜悯这个孩子的不幸，就纵容娇惯他，所有的左右的人们都是尽力地启发他自私的心性，那么可就难以说咧。这小孩子到后来究竟成就一个何等的人儿?

自从这个盲孩子落生到这个家里以后，那残疾武士的一种思想可就渐渐不知不觉地另具一种趋向。他还是照旧一连气几个钟头坐着不动，不住地衔着烟斗往外喷烟。现在他眼睛里的那种隐痛，却露出考察者那种注意深思的样子来。舅父玛克西姆愈细看，便愈频皱眉梢，他那烟斗喘息的也愈益加甚。最后有一天他可就决定要参与有关盲人的一切事情。他一边吐着一个跟着一个的烟环儿，一边说道："这个小孩将来还要比我不幸。要是不生他，倒有多好呢。"

少妇将头深深地垂下，那眼泪可就落在针黹上了。

她低声说道："玛克西姆，提起这个来我认为非常不体贴人情。空白提起，有什么意思……"

玛克西姆答道："我说的纯粹是实话。我虽然没有腿没有手，然而我还有眼睛。这个孩子没有眼睛，恐怕将来渐渐地连手连腿连意志也就没有了……"

"因为什么?"

玛克西姆柔声说道："哎呀，你要明白我，我不是白白地说些不体贴人情的话。这孩子的神经组织极精微灵敏。现在他有发达所有其余各种能力的希望，无论如何对于他的失盲，也可稍微有点补救。然而为求得这个结果，应经过一番训练，可是这种训练非受窘迫不能诱引出来，若是使这孩子不勤勉努力受窘迫，徒一味地痴爱，必把他所能求得将来宽阔生活的那种希望，都给他抹杀。"

母亲是个聪明人，会节制那种痴爱。听了这话之后，就不再当孩子喊叫时像原先那样慌张地往他跟前去跑。自说过这话，又过了几个月的工夫，这孩子已经就随便飞快地倾着耳朵迎听着各种声音，在各屋里乱爬了，并且带着一种特别灵敏的劲儿，摸索那触着他手的各种东西。

五

按着脚步声音，衣服振动的声音，还按着一种旁人所捉不着，独这孩子能够接近的一种记号，他不久就学会了认辨他的母亲：无论屋里有多少人，也无论这些人怎样地混杂，他向母亲坐着那方面奔跑永远不会错误的。就是母亲突然间把他抱到手里的时候，他总是立刻就能知道，他是靠着母亲身旁呢。假若旁人把他抱去，他立刻地用两只小手摸索抱他那人的脸，也很快地就可辨别出来，或是乳母，或是舅父玛克西姆或是父亲。若是他落在不认识人的手里，他那两只手活动得慢一点儿，这孩子又小心又仔细地用两只手摸按生人的脸面，并且他的脸上立刻就现出一种紧张留神的样子来，就好像他的手能够看人似的。

以性情而论，他是很活泼、很好动的一个孩子。然而月复一月地，因为那盲瞎的缘故，障碍他赋性自然的发展，遂一日甚一日。他举动那种敏捷劲儿，照原先的时候失却一点儿。他渐渐地死守在屋子里那个僻静的墙角几个钟头安安静静坐着不动，就好似钉子钉着的一般，带着深沉的脸儿，就仿佛倾听什么似的。当室里寂静的时候，虽然有各种变动的声音，也不能挑动他的注意。那孩子秀美和非儿童所应有的庄重的面上，带着一种疑惑奇怪的样子，好似思想什么似的。

舅父玛克西姆猜着了：那孩子精细充裕的神经机能已经运动起来了，并且用他关于听觉触觉的那种灵性，于可能程度中，尽量竭力恢复他的官能。没有人不奇怪他触觉那种灵敏劲儿的。慢慢地他对于颜色仿佛都有特别的感觉了。假若颜色灿烂的布条到他手里，他的细秀的手指就在布条上多按一会儿，而他那脸皮上现出一种特别注意的样子。从此以后渐渐地就显露出来他灵性发达最主要的，是往听觉那条路上去走。

不久他按着各房间里所发的声音可以随便认辨各个房间：可以分别家中人的脚步声，残疾舅父所坐的椅子声，母亲手中不紧不慢的枯燥的抽线声，挂钟的咔嚓声。有时节当他沿着墙根爬行的时候，他倾着耳朵听出那寻常人所听不见的那种飒飒的声音，举起手来便摸出纸糊壁上跳跃的苍蝇。若是受惊怕的飞虫儿离了地位，飞走的时候儿，则盲孩子的脸上现出好似病气的那种疑惑样子来。他对于蝇子秘密的逃遁不晓得是一回什么事情，可是每遇这种情形发生的时候，到归终他的脸上永远是留下一种有意识注意的样子。他将头转到蝇子所飞去的方向，敏锐的听觉在空气里可就把它翅膀所作的尖声儿捉住。

闪耀的，移动的，并且周围各处是作响声的一个世界，印入盲孩子的脑筋里面，都成了一个音声的形体。他的想象都映射到这个形体之上。在他面上对于各种声音凝固出来特别一种留心的样子：下颚轻轻地在细小延引的项上往前探出，两道眉毛露出特别的动作，可是好看而不动的眼睛，给盲者的脸上添出一种严厉同时又感动人的形状。

六

自从他落生以后第三年的冬季已经快到头了。院中的积雪已经融化，春水业已作响。冬令屡病，一冬都在屋里，未曾到过外边去的那个小孩的身体渐渐地也强健起来。重窗已经摘下，春光带着加倍的力量闯进屋来，含笑的春阳向被光线浇罩的窗户上瞧望，无叶的布科树的枝叶不住地摇动。在远处的田野，呈一种黑色，有些地方还有正融化着的白雪点，有些地方绿草刚刚地露出。对于呼吸，无人不觉着自由些、痛快些。春光用它复兴和活泼之生活力的潮流，使世上的人都受了影响。至春天闯进屋来可以使盲儿所享受的，仅仅就是那忙乱的声音。盲儿听见了春水所汇成的沟渠怎样的漫石裂土地驱驰，仿佛一个人追着一个人跑的一般。布科树的树枝在窗后一边相拥推，一边在玻璃上轻轻作响，低低地细语。因为晨冻房檐上所凝挂的冰柱现在受太阳暖照，春忙的水点，带着千百次的敲打声，往下滴落。这些声音传到屋里来好似细沙下落所做成的那种清脆细碎的声音一般。一阵一阵地在这种声音中还夹带着野雁啼鸣的声音，悠悠扬扬地从那又远又高的天际传来，慢慢地愈走愈远就闻听不见，就好似在空气中融化了。

这宇宙间"自然"的现象在这盲儿的面上描露出一种病气不快

的样子来。他竭力地移动两道眉毛，伸张脖颈，细细倾听，最后好似不胜各种声音难明白繁忙的骚扰，陡然间伸过手去，寻找母亲，然后扑到怀里，紧紧地贴着胸脯缩成一个团儿。

母亲又问着自己又问着旁人道："他这是怎的了？"

舅父玛克西姆详细地向小孩脸上一瞧，也说不出盲儿这种惊乱的原因来。母亲在儿子的脸上捉摸出一种病态的疑惑和惊问的态度，猜想道："他……许是不明白……"

七

实在这小孩很受惊扰，很受骚乱。他或是捕捉各种奇异的声音，或是奇怪他从前一切所习惯的，忽然寂默无声，都不知往哪里去了。

当春令万物更生，所呈纷杂澎湃的声音已为沉寂。在温暖阳光之下，自然物的工作慢慢入了旧辙，生活好似努力起来，进行的步骤越愈显得激烈，恰似飞跑的火车一般。草地上的嫩草已经发绿，空气里带着白杨树上所生发的新气味。

他们决定把这孩子带到田里去和到近处的河边上。

母亲手拉手儿领着他，舅父玛克西姆拄着拐杖在旁边儿跟着。他们都奔向河岸上的高岗来了。这河岸因为风吹日晒已经是很干燥的，青草长得很密，所以这河岸成了一片绿色，因此展开了一片辽远广大的景致。

清朗的天气照击母亲和玛克西姆的眼睛。日光温暖他们的脸，春风用它无形的翅膀赶除这个暖气，用一种清凉来作替代。空气中好似有醉到优柔疲劳分位上的一种东西。

母亲觉着孩子的小手儿在她的手里紧紧地拘紧，然而因春风似醉般的飘荡，把她弄得倒对于小孩骚乱的情形便不十分感觉了。她按着胸脯的容量，竭力地呼吸，在前面不回头地往前行走。假若她回一回头儿，她一定会看见小孩子脸上的奇怪样子。他带着静默奇怪的神气，把睁着的眼睛转过去迎向着太阳。他的嘴唇也张开了，很快地一口一口地往下吞噬空气，恰似捞出水来的鱼儿一般，带病气的欢喜的样子，一阵一阵地在张皇失措的脸上布露出来，并且这种样子好似受了难测精神上的刺激在脸上翻涌，飞快地一转眼的工夫就不见了，随赶着就显出来一种奇怪的样子，甚至于到了惊怕疑惑的程度。只是那两只眼睛，还是照旧那样不紧不慢，直直地用那无见的眼神一个劲儿瞧望。

走到那土岗上的时候，他们这三个人都一齐坐下来。当母亲从地上抱起这个孩子的时候来，为的是让他坐得得力些，这孩子就牢牢地抓住母亲的衣裳。这是因为她觉着身子好似悬在空际一般，恐怕摔落到什么地方去。可是母亲并没看出孩子惊慌的举止，因为她的眼睛，她的心思都被这稀有的春景锁住了。

时当正午，太阳静悄悄在蔚蓝天上旋滚。从他们所坐的土岗上，望那涨发的河水，清清楚楚地在眼前驰流。河中的大冰块已经浮送完毕，仅仅有时还有崩离下来的小白冰块在水面上一边往下漂流，一边融化。被水淹盖的草地里，有一余水一道儿一道儿的都是像宽大的带子一般。一片一片的白浮云同那倾覆蓝色的苍天映在水里，静悄悄在水底游泳，随后就隐匿起来，仿佛他们和冰块一样也是融化了。一阵一阵地在太阳底下有闪耀放光的碎波奔驰。再往远处看那河溪彼岸田地里发焦的禾稼呈一种黑色，不住地荡漾。这田地里发出来的飞翔流动的烟雾将远处草屋和那暗昧如画绿色林树的绦带，都隐蔽住了。大地好似呼吸，并且还有一种物质从地皮上，向天空蒸腾，就和祭坛上那种馨香的烟气相仿佛。

宇宙已经布展开了，很像筹备过节的那种大教堂一样。可是照着盲人看起来，这种现象仅仅是种不可了然的黑暗，并且这种黑暗很奇异地围着他纷乱，动摇，轰振，鸣响。于是对于盲者就发生出各种难测的感想，因为这种感想的流来，所以这孩子的心激动得也就非常难过。

当和暖天气的光线照着他的脸，温暖着他的嫩皮肤，乍迈头几步的时候，他不知不觉地把两只无视觉的眼睛转到太阳方面去，仿佛是他觉出来所有周围各种东西都向一个什么中心点索动似的。他也不晓得什么清朗的辽远、什么蔚蓝的苍穹和什么宽大的地平线。他就觉出来有实质的、抚爱的、温暖的一种东西，用柔和又温暖的接触动荡他的脸面。后来有一个凉爽轻快的东西从他的脸上把这优柔劲儿摘了下去，而有一种清凉的感觉滑了一下。这孩子在屋里他觉着四方都是空洞的，所以他动转很自由。在这个地方也不晓得是什么很奇怪，时变时换的东西，把他擒捉住了，一会是柔和的、亲密的，一会是撩拨似醉的。太阳温暖的接触也不晓得被谁不久就拂落了，一阵微风吹在耳边鸣鸣作响，包裹着脸颊、额部、头颅和后脑海等处，在四面八方都引张起来，仿佛竭力要抱住这个孩子，要把他领到一个为他所看不见的一个广大的地方。此刻他的辨别力已经摄落，吹上了一种晕迷疲惫的神情。那个时候小孩的手紧握着母亲的手，而他的心失了感觉，眼见着要完全不激动了。赶到把他放下了，他仿佛是少许安静一点儿。虽然现在有许多奇怪的感触充满他的周身，他慢慢地还是能够分辨各种单独的声音。黑暗而和蔼的波浪还是照旧不可遏止似地不住鼓励，他觉着这些波浪是侵入他的身体里边一般，所以他血液的汹涌也增大起来，随后同着这种波浪的汹涌也就消灭了。然而现在这种波浪一会儿送来云雀清脆的颤音，一会儿送来桦杨树叶轻微飒飒的声音，一会儿送来遥隐河水溅溅的声音。还有云雀在近处天空里挥画着奇妙的圆环用轻便的翅膀不住地吹啸，蚊蛆也嗡嗡不已。和这种种声音相遥应着，还时时听见一种耕夫在平坦田地里吃吓耕牛劳作凄惨的声音。

可是这个孩子对于以上种种声音不能完全收拢来缀合到一块儿以预定它们将来的前途是怎样的一个结果。这些声音飞入黑暗的脑海里，就好像一个跟着一个地坠落下去了，一会儿成了隐微的不清晰的，一会儿成了高大的、清朗的、震耳的。这些声音时常很惹人不耐烦同时忙乱起来，掺杂到一块儿，成了难明了不调和的一种调子。田野里所发出来的风老是向他耳边吹动。这孩子以为风浪奔驰地加快了。这浪的轰轰声音，把其余由他处飞来的各种声音都压抑下去，就仿佛他也是回想起昨天的景况一般。各种音声愈暗，往这孩子胸中所灌注带胳肢性的疲劳感觉亦愈多。脸皮上一动一动地仿佛有节奏的一般现着各种的变象。两只眼睛一会儿睁开，一会儿闭上。眉毛也是惊慌慌地移动。就面部上各种行迹看来，知道他心中必有一种问题及思想和想象过力的紧张。那尚未坚定的认识力，因为受各种新感觉充塞，慢慢地衰弱下去。它和各方面所涌来的印象宣战，为的是把它们汇通融合以砥定自己的地位，并操纵以征服之。然而这个问题非这孩儿黑暗脑力所能够做得到的，因为他对于这种工作，视力上之能力尚未取得呢。

各种声音一个个飞来，随着堕落下去，究竟还是非常错杂，非常的尖锐……包浸这孩子的那种波浪，从近处有声响的黑暗里发出，随后又回到这个黑暗里来。不过波浪与声响老是变换不穷。……他好似被这种黑浪举起来了一般，又忙又高又难过，好似又摇撼他又安慰他……在这种隐隐庞杂的声音上边，又飞扬出来长延凄惨人号的腔调，随赶着各处的声音，一齐都默息下去。

小孩子轻轻地喊了一下，就往后倒在青草上边。母亲急速跑到他的跟前，也喊叫起来。他躺在草上，面色灰白，晕迷过去。

八

舅父玛克西姆见了这种情形异常惊慌。过了几许时，他买来关于生理、心理、教育等学科的书籍，凡关于暗中能助长和发达孩提灵智的科学，他都是带着素有的那种毅力去研究。

这种事业诱引他的力量一天甚着一天，所以因自己无能力与人世竞争常自比为"土壤中之蚯蚓"或"愚钝者"的沉晦思想从他的方颅里早已无形地飞了出去。而现在在他脑海里代其位而生出沉思的注意和有时还有乐观的思想不住地鼓励这衰老的心曲。舅父玛克西姆一天比一天地愈信天然虽吝啬这孩子的视官，而对于其他的官触并不能有何妨害，盲儿这个人是对于凡所让与他的各种外界印象都有强力的感应。并且舅父玛克西姆认为自己的责任，就是启发盲儿现有的技能，竭力用自己的思想毅力去消除盲人命运的不平等，并希图将他造成一个新健儿，适于战士行列中得建设生活上的事业。若没有舅父玛克西姆的毅力，对于造成这个新健儿的企图谁也不敢作想。

老"割立巴立基耶赤"想着："谁都晓得，作战可以不必用枪和力。这受命运不公欺压的人慢慢地也可以将所让与他的武器运用起来去保护他那其余生活中不幸的各种机能。果如是，我虽是残疾老武士，究竟不算空活一世……"

就是四五十年代的自由思想家们对于"神秘天然取得之预兆"都是迷信得很。现在盲儿各种机能发达的程度迥乎高出常人，所以舅父玛克西姆愈信盲目就是"神秘天然取得之预兆"表现的一种。有句格言"不幸的人爱护受欺侮的人"。玛克西姆，正是这个心理，早把这个格言当作教训自己这个学生的金针了。

九

初次春游回来以后，这孩子就胡说八道地躺了好几天。有时也许不动转、不言语，有时也许不真不切的絮聒，有时也许侧着耳朵倾听。当这种情形的时候他的脸上永远去不了疑惑的样子。

年轻的母亲说道："实在是不错，他是那样子的瞧看，仿佛是竭力要明白什么，而不能都如愿似的。"

玛克西姆沉思了一会儿，又点点头儿。他明白这孩子恐怕惊慌和突然晕倒的原因，都是因为各种印象过于繁多，一时间认识力不能降

18

服应付的缘故。他决定让这病势渐痊的孩子慢慢地收纳各种印象，换而言之，就是把各种印象，分作许多段落让他收受。于是将病人所住的屋子那些门窗严密的关闭着，然后按着痊愈的程度，渐渐开启，引导他在房间里行走，也有时把他领出去到前院里和花园里。每逢盲孩子脸上露出惊慌样子来的时候，母亲就把刺激他的各种声音解说给他听。

她说道："牧童吹那喇叭筒的声音是在树林的后边。杂在麻雀啼叫声音里边所听见的是玛利诺夫科雀的嗓音。仙鹤在自己的车轮上[1]鸣叫。它是前几天有远处飞来的，在旧地方又筑上巢了。"

小孩把脸转过来对着她，露着感激的样子，抓着她的手，又点一点头儿，带着注意深思明白的样子，又继续仔细倾听。

十

凡是引诱他注意的，他渐渐地都打听起来了，对于各种的东西，各种的生物，凡发生各种声音的，他母亲都给他讲解。舅父玛克西姆讲说的时候更多。母亲所说的比较着活泼些、华丽些，而感动小孩的程度也比较着有力些，然而有时对于这种感动是非常的困苦。年轻的母亲自己着急着，带着酸心的脸和失望求助又难忍的眼神，竭力地讲给自己的孩儿听，求着让他明白各种的形状和各种的

----

[1] 在小俄国和波澜地方，多树立高柱，然后将老废车轮按在柱上，仙鹤在这轮上筑巢居住。——原注

颜色。这孩儿老是仔细的注意，移动眉毛。因为这个，他的额头都有轻皱纹了。显见着孩子的脑筋所做的事情是不适力的推想。这黑暗的想象不住地紧张欲从所告诉他的话里间接创造一种新现象，可是没有收得什么效果。当这种情形的时候，舅父玛克西姆永远是皱着眉头不满意。若是从母亲眼里落下泪珠，或者因为努力过甚，小孩脸上发了青白的时候，那么舅父玛克西姆就加入他们的谈话，摒去妹妹，自己可就谈讲起来。在他的谈话里，仅仅是发挥有形有音的，因此盲儿的脸上慢慢就平和些了。

这孩子对于柱上做出如击鼓般懒惰响声来的仙鹤问道："唔，它是什么样的？是大的？"

说这个的时候孩子的两只手就伸挥开了。他每当询问这种类似问题之时，都是这样挥手，而舅父玛克西姆便告诉与他在什么地方应当止住手。现在他的两只小手已经完全伸张开来，舅父便说道："不够，他还大得多呢。假若把他抱到屋来，放在地板上，他那脑袋总要比椅背还高。"

心里转念着，这孩子说道："大的。……可是玛利诺夫科雀——这样子！"他刚刚的把两只并在一块儿的手掌离开一点儿。

"不错，玛利诺夫科雀是那么大……。小可是小，然而大身量的雀鸟永远也赶不上小雀鸟唱得那么好。玛利诺夫科雀很卖力啼啭为的谁听见谁可以喜欢。至于仙鹤——是一个威严的雀鸟，用一只脚站在巢里，四下雄盼，简直就像对工人恼怒的东家一般，也不管他那嗓音是不是破乱的，也不管有没有旁人听得见听不见，他总是大大的嗓音发吐怒声。"

　　小孩子听这种的形容可就笑了，一时间就把听母亲讲解那种困难的时候忘了。然而还是母亲口里所谈讲的引诱他比较着有力，所以还有各种问题他爱问他母亲，而不问舅父玛克西姆。

第二章

一

这孩子黑暗的脑袋里富有各种新现象。他因为具着强有力的锐敏听觉，所以听得围绕他的"天然"也愈深远。在他顶上和围绕他的四面八方，还是照旧地有密厚的为眼光不能穿透的黑暗。这种黑暗在他脑筋里就像一种绵密黑云一般。虽然这黑暗自从他降生那日就包围着他，虽然说他应该习惯自己的不幸，可是这个孩子的天性，也不知是因为哪一种的原理，总是往能够脱离这种黑暗窗帘的方面行走。这些连一时也不肯放松他的无意识而又求新光明的激烈劲儿，在他脸上显出来暧昧困恼之努力样子，并且一时比一时地深剧。

虽然，他在当有清爽满足和儿童们那种欢天喜地的时候，不过此种情形总是在他所能享有外界的印象给他取得有力的新感觉或介绍给他非彼眼力所能看见的新现象之后，宏大有力的"天然"对于盲人并不是一个十分掩盖着的。有一天把他领到一个临河的高山岩上。他带着一种特别的样子，倾听脚下流水隐隐的声音，心中一跳一跳地扯着母亲的衣裳细听他脚下坠石怎样地下滚。从此以后他对于深处的想象，就像那日脚所登之山岩底下流水隐微声音的形状，或者就像坠石击触声音的形状一般。

"远处"在他两只耳朵里响成了一个恍惚迷离的曲子。当春雷隆隆滚转，其声势弥漫天空，随后发一怒声，藏匿于黑云之后时候，这盲儿做出尊敬恐慌的样子。他的心曲，也就宽阔了，而他的脑筋里对于天空就生出来一种印象，说它是极伟大的。

如是，对于他声音一物是外界直接最主要的表示，其余的各种感觉仅仅是辅助听觉所不足的，所有他对于这其余各种感觉的想象好似都成了有形体的一般。

时常当酷暑中午的时候，四围都无声息，人类行动也都灭绝，在那"天然"里有特别一种寂静，仿佛有种不间断无声息的生活力悠悠地奔驰。当这个时候在盲儿的面上露出一种纯粹表示本性的样子。说起来因为外面寂静的压迫从他心灵深处发出来仅他一人所能听不见的各种声音，他好像竭力地倾听它似的。看他这种情形必是他那初萌芽不清明的思想渐渐在他心里发音，好像歌曲之隐隐的音调一般。

二

他已经五岁有余，身体又瘦又弱，可是已能行走，并且在屋里还能够各处随便地乱跑。假若谁看见他在各屋里动转那路准当劲儿，要到哪里就到哪里，一点儿不错，和他能够随便找着他所要用的东西，那个人一定会这么样子地作想（可是这个人不是熟识的人），这在他眼前的孩子并不是个瞎子，并且他的眼神带着沉思的样子，好往远处瞧望。若是他在院里行走必用根棍子在眼前探路，这倒是很费力的。假若他手里没有棍子，则他用两只手去摸着路上所遇见的东西，飞快地在地上匍匐。

三

一日夏晚清静，舅父玛克西姆坐在花园里，父亲照旧地在远处田地张忙。院里和近处都很寂静，村里好似眠睡了一般，仆役房里工人和仆役们等的谈话声音业已消灭。这小孩子半点前就放在床上睡了。

他躺在那里似睡不睡的。近来他当这寂静的时候老是发生出可怪的回想。自然是他没看见蓝色的天空怎样黑了，树林的黑顶梢在那星夜天上怎样的动摇，绕院的各种建筑物峰巅参差，在蓝色烟雾中怎样的迷离，带着星月金色微弱的光辉在地上怎样地弥漫。然而他已经带着一种难测迷离的印象（对于这种印象是为自己不能与自己一种明白想象的）糊糊涂涂地睡了好几天了。

当寐睡状态渐渐把他认识力给他蒙蔽的愈重和布科树隐隐声音静息的时候，他也就停住了，不去辨别远处村犬吠叫的声音，河之彼岸画眉啼唪的声音和在草地里马项上铃环含愁隐微的声音。赶到各种声音慢慢渐就消灭以至丢失的时候，他仿佛觉着所有的各种声音化合在一块儿成了一个声音的音调，静悄悄地飞入窗里在他床榻上许久许久地迴绕盘旋，可就吹起无定形而奇怪之爽快的思想。到了早晨他睡醒之后，周身软得无力，带着笑容扑奔着母亲问道："昨天……这是什么？这是什么？"

母亲不晓得是怎么一会子事情，以为这是梦中遇见什么情节扰乱着他了。赶她看了一回，没有什么特别的勾当，有看见他沉沉地打盹，于是就把他安置在床上睡了，很诚意地画了个十字，就走了出去。可是到了次日，这孩子又对他母亲说有一种情形，从打昨天晚上就惊扰他。

"妈妈，那样的好，那样的好！这是什么呢？"

在这天晚上，她决定在孩子卧榻旁边多坐会儿，为的是破露这个奇异的疑团。她坐在椅子上边，和他的床紧挨着，一边很娴熟地挑弄织工上的套儿，一边倾听自己抛特立克沉匀的呼吸。说起来他已经是沉沉地睡着了，忽然间在黑暗里发出来他微小的嗓音："妈妈，你在这里吗？"

"是，是，我的孩子……"

"请你去吧，它怕你，到这时候它还没有呢。我已经十分睡着了，可是他老是没有……"

被惊的母亲带着一种奇怪的感觉听着了似睡未睡的细语哀

求……。这孩儿睡中的谵语，说的那分的确劲儿，就仿佛实在有什么东西似的。母亲终究把身体立起弯下腰去，吻了她的孩子慢慢地可就出去了，打算从花园里走到开着未关闭的窗户底下，不让他知道。

她还没有绕到窗下呢，这个疑团即已冰释。她忽然听见隐隐流注的腔调掺杂着南风喳喳的声音，从马厩里飞来。她立刻的就明白了，不过就是这个单简曲调的寻常音节，正逢盹睡时间很爽快地把这孩子的"回想"诱发起来。

她止住脚步跐了有几秒钟的工夫，听见这小俄国歌曲的笃厚腔调。她算完全放心了，顺着园中黑暗的道路，奔往舅父玛克西姆这里来了。

她想道："宜倭昔姆吹弄的真好。像这样粗愚的奴仆有若许细腻的感觉，该有多奇怪呀！"

四

宜倭昔姆果然吹弄的巧妙。他不论摆弄什么乐器也不论在什么时候没有不好的。譬如拉那刁滑的胡琴，或者在那酒馆里，当礼拜日有那么许多的人，无论奏的是哥隆克的乐曲，或者是奏波兰克拉克瓦克的跳舞，谁也不及他。他坐在酒馆的墙隅里，紧紧用他剃光胡须的下腮按着胡琴，把羊皮帽子扣到后脑海上，当他将弯弓顺着紧绷绷的弦儿抽动的时候，所有酒馆里边的人没有不动容的，如能安安稳稳坐在自己位子上的很少。并且用大提琴给他配弦的那一只眼的老犹太被他鼓弄得也奏的极好。他那粗笨的乐器好似知道努力似的，用自己沉闷粗大的音声追赶宜倭昔姆轻敏从容似歌似跳胡琴的曲儿一般。至于老湮且笠，他高高地耸动两只肩膀顶着"夜尔莫克"[1]帽子的秃脑袋不住地挥晃，周身抖动踏着愉快急速的音节。至于说到这受洗的民族，他们的腿向来就是这个样子，每逢遇见愉快跳舞的歌曲，它们自己就会弯曲跳跃。

自从宜倭昔姆爱上玛利亚以后（她是邻翁仆人的女孩），也不知道因为什么，他就不爱喜愉快的曲子了。果然这胡琴并没能够帮助他那把狡猾女子的心肠给征服。玛利亚并没看起带胡须的音乐家，所爱的是主人所用的没胡须像德国人面孔的一个听差。从此以后他胡琴的声音在酒馆里和晚会上算绝迹了。他把它挂在马厩里一根立柱上，因为他不注意那里的潮湿和他对于昔日所爱喜的这个乐器保护的不精心，所以渐渐地那胡琴上弦一根一根的都断了。那弦断的时候所发出来哀苦绝命的音声，连马都受了感动，不禁地嘶鸣，还带着奇怪样子抬转脑袋向那残暴主人张望。

宜倭昔姆替代胡琴在一克耳巴特人手中买了个木质的箫。他以为木箫安静动人的音流和他困苦的命运相符合，若是以之抒发心中被摒斥的愁苦，必较合宜。孰意木箫把他的希望倒是辜负了。他把这种箫一个一个地换了十数支，各种的曲子都吹试遍了，把箫买来之后用刀也修削了，在水里也浸润了，在太阳底下也晒过了，并且用细绳儿拴在房檐上，用风也吹透了。各样方法无不使遍，而效果毫无。木箫没

---

[1] "夜尔莫克"是一种帽子，鞑靼、犹太人戴之，其式很小仅能盖后脑海，而头的前部都露在外边。

曾听从霍活乐[1]的心意。譬如应当吟唱的时候，它直声叫喊，当他希望发倦乏颤音的时候，那箫倒尖尖地大叫起来。总而言之，那箫无论如何也不随他心愿。最后他迁怒到那制箫的克耳巴特人的身上来了，他深信他们山人之中没有一个会做好木箫的，于是就决定自己亲手制造一个。费了好几天的工夫，他颦蹙着两道眉毛在田地和池塘中，可就徘徊起来，每个柳树丛中，他都走到了，选择些枝干，将它们割下了好多，但终究也没有拣出他那种所要用的。他的眉毛还是照旧恶狠狠颦蹙着，一意地往远处走，继续地寻找，最后来到了一个地方，是缓缓而流河岸的上边。河水微微地把曲汀里浮萍的白脑袋瓜儿荡动着，因为安静而沉思的杨柳倾斜在黑冬冬静悄悄的深水上面，并且这些杨柳是密森森地壁阻着，所以小风虽然是不住地飞刮，可是到不了这水面上来。宜倭昔姆用两手分拨开树丛，走到小河近前，站了一会儿，忽然间他就认定了，在这个地方他一定可以找着他所要用的那样东西。他额部上的皱纹也舒展开了。他从靴筒里掏出来可以折扣而拴着皮条的一把刀子，仔细瞧望这微做声响的杨柳树丛，慢慢来到一棵细而直的小树近前。这小树是生在被水刷削的河岸上边，不住地匝风摇动。不晓得是什么用意，他用手指把它弹了一下，又很满意地望了望，赶到那小树很带弹性的在空中晃摇的时候，他倾听树叶的微声，于是脑袋不禁地晃摇几下。

　　"这就是我所找的。"这是他把割伤的树枝条儿都扔到河里，带着满意的样子说的。

------

[1] 霍活乐即小俄国地方人的俗称。

这做成的箫真是头等。起初当暴晒干了柳枝以后，他用烧红的铁条儿烫去它的中心瓤儿，烙成了六个大圆孔，又钻透了第七个狭长的孔，在一头儿平平地用一个木塞儿塞上，可是留出来一个扁缝儿。然后把它拴在绳上，整整挂了一礼拜的工夫，在这个当儿它也被太阳蒸晒了，也被徐风嗡嗡地饱吹了。然后他用刀子竭力地刳剥了，用玻璃片又整洁了，又紧紧地用一块粗毛呢布周围上下都擦磨了。箫的上部是圆形，以下就是等面积的菱形，非常光滑，在那上面他用弯曲的铁条儿烙成各式各样精巧别致的花样。他吹几个急快的流啭音调，慌慌忙忙地把头一仰，咳嗽一声，赶紧地就将它藏在卧榻近前一个僻静的地方。他不愿意当这白天事务纷忙的时候奏那第一次音乐的试验。所以在那天晚上，才从马厩里流荡出来幽雅沉思轮转颤动的声音。宜倭昔姆对于自己的箫十分满意，甚至于到后来成了自身肢体的一部了。这支箫所发的音声，就好像从他那温暖有所感触的胸中发出来的一般，只要他有一个什么感觉的曲折与哀愁的影儿，都立刻地在这奇异的箫里振动着，安安静静地飞扬出来。在这寂静的晚间一个声音跟着一侧声音吹扬得极其响亮。

五

现在宜倭昔姆恋爱上他的箫了，整天地不离它如同度那新婚后的蜜月一般。白天他很挂心地办理他的职务，牵马到饮马场，套上它们和女主人或者和玛克西姆坐上车往那里去。每逢向邻村玛利亚所住的那方向观望的时候，渐有无限悲愁涌上他的心头。赶到晚上他把世界上什么都忘却了，就是那黑暗女郎的形状仿佛也被云雾蒙罩上。它把自己俨然有生气的真确劲儿失掉，只恍惚迷离地在他的眼前时现时没，仅给异箫的腔调增添一种沉思愁闷的情绪而已。

在那天晚上宜倭昔姆躺在马厩里，乐性大发，仰天而悦，周身上下，都付与这甘音美调。这乐师不但把那毒狠的美女忘却，就是当他忽然间打了个冷战，稍微在床上坐立起来的时候，连他本身的生存力都丢掉了。正吹到动情的地方他忽然觉出来有只小手，飞快地用那轻而无力的手指在脸上摩擦了一下，顺着两只胳膊滑落，随后慌慌忙忙地就摸弄起箫来。并且他听见在他旁边儿有又急躁又短促那种人的呼吸。

他口中喊道："不要动我，不要动我！"为的是知道是鬼是神。他又问道："你是鬼，你是神呢？"

然而从那马厩洞开的开门所射进来的月光，把他刺醒了。他是完全错误。靠近他床榻站立的，原来是失盲的小主人，正在那里竭力伸张两手扑向着他。

过了有一点多钟，母亲打算去看看抛特立克睡得怎样。等她来到那里，抛特立克已不在床上。她起初很吃一惊，可是为人母的那种心性，立刻地就暗示与她，在什么地方会找到丢失的孩子。赶到宜倭昔姆停住了吹奏，打算休息的时候，忽然看见女主人也站在马棚的门里，于是惭愧得不得了。看那样子，她站在那个地方，已经有了好久，一边听着他的吹弄，一边观望着自己的孩子。你说这孩子是怎样，他围着宜倭昔姆半截皮袄坐在床里，老是倾着耳朵听那抑扬悠断的曲子。

六

从此以后，每天晚上这孩子必上宜倭昔姆马厩里来。白天求宜倭昔姆吹弄什么调儿的思想，在那小孩子的脑袋里老没发生过。因为白日里人事繁忙与各种行动都能把这种寂静音调的可能灭除了。可是每当夜晚刚一来到人间，抛特立克那种不能耐待劲儿，就好像得了虐症一般。晚茶晚饭对于他不过是标示他所预望的时刻且近就是了。天性生来就不喜这种音乐的母亲，无论如何也不能禁止她心爱的人往吹箫者跟前去跑和禁止他在眠睡前一两点钟一两点钟地在吹箫者旁边坐着。可是对于这孩子说来，在那儿坐着的时候，是他最幸福的时候。母亲看见每天晚上那种印象萦绕这孩子的样子就是到第二天还去不了呢。母亲抚弄他的时候，他也不睬也不像原先那样坐在母亲手里，抱着母亲，带着一时一刻不肯分离的样子，所以母亲很觉醋忌。现在他老是带着沉思的神气，追忆前日宜倭昔姆所弄的歌曲。

那个时候她想起数年前当她在基耶夫拉介赤克牙妇人所创立寄宿学校读书的时候，于各种美术中就是音乐这门她也曾悉心研究过。今儿这种回想，转念起来并不是一种甜蜜的，因为那女教习非常严厉。她是个德国未出嫁的老处女，名克拉夫斯，身体瘦弱，性情冷淡，最要紧的，就是她最好动怒的。这位性急的老处女，求着让女学生们给她做出来轻妙的音节。她非常"会"撞触女学生们手指头，并且很有效验地摧残自己学生们音乐上的机能。这种受惊的机能最怕克拉夫斯老处女立在跟前，至于她的教授法更不用细说。所以恩那米哈宜洛夫那出了学门以后，都出嫁了，永远也没曾想恢复过音乐的练习。现在听见吹箫她觉着音乐上活动的感觉，虽然带着醋忌的意思也却是飞扬起来。德国老处女的态度渐渐黑暗下去。最后结果，女主人发生一种请求，请她丈夫从城里定购一架钢琴。

可称为模范的丈夫回道："我的宝贝呀，你愿意怎办怎好。从前你仿佛是不十分喜欢音乐。"

当天往城里发了一封信，然而这个乐器连购买带往乡下运送，无论如何也得两三个星期的工夫。

而他一方面马厩里每日晚上音调的呼唤老是不绝，那孩子那样地往那里跑，简直连母亲的许可都不请示。

马厩里那种特别气温和干草气味、生皮条刺鼻的气味，都混合在一块儿了。马静悄悄地咀嚼，从草架上衔下来的草节儿喳喳作声。当弄箫者歇息的时候，花园里绿布科树枝叶被风动摇的声音，也飞到马棚里来。抛特立克好似被什么眩惑住的一般，不住地细听。

他永远也没曾阻断过乐人的奏作，都是奏乐人自动停止。过了两三分钟的默息无言以后，这孩子迷醉劲儿消沉下去，涌出一种无名可怪的贪欲来。他伸张着身子扑奔木箫，用两只战战兢兢的小手拿着它，随后贴放在嘴唇上。因为一下子正赶上小孩胸中呼吸沉闷，所以吹出来的声音甚是颤弱低微。以后工夫久了，他慢慢就把这无奇的乐器学会了。宜倭昔姆把他的手指都替他摆在窟窿眼上。虽然他的小手按那箫的窟窿很费力，可究竟逾时未久就把这几个音阶吹得惯熟了。并且每一个声音就他看来，就好像特别有自己的面貌及自己特别的性格一般。他已经晓得在每个孔内有音调中的那一个音和从那个地方放出它来。当宜倭昔姆用手指慢慢吹弄什么简单曲子的时节，这孩子的手指也渐渐动弹起来。他明明白白地晓得有怎样连绵不断的音调就应当怎样按动手指。

七

归终整整过了三个礼拜的工夫，从城里把钢琴运到。抛特立克站在院里，仔细地听那手忙脚乱的工人怎样筹备往屋里搬运这个乐器。它显而易见地是个沉重东西，因为抬它的时候，车也轧响，人也喊叫和深深地喘来。于是一群人慢慢地迈那沉重脚步，往前拥移。每逢迈一步时，在他们头上，也不晓得是什么东西，就轰轰鸣响一次。那个声音或沉闷或尖锐不等。等到人们把这件乐器放在客厅中地板上的时候，它又发出深沉的咕叽叽的声音来，就好像盛怒之下威吓什么人似的。

所有这种种现象对于这孩子，没引出一种恐怖的感觉，并没招出这孩子亲爱这无生物而会发怒的东西。他走到花园去了，至于怎样安上这乐器的腿儿，由城里聘来的那位钢琴匠，怎样用钥匙规正这钢琴和怎样试弄琴上的压木，怎样调理琴上钢弦，这孩子一概没有听见。等到一切的都安排好了，母亲才打发人把抛特立克唤进屋来。

现在恩那米哈宜洛夫那仗着这匈牙利好匠师所造的乐器，以为必可将他简易的木箫战败，所以预先庆祝起必操胜券的凯旋来。她深信抛特立克现在接着这个可以把马厩和吹箫人疏忘，并且他以后所有的快乐都是从她身上取得。她眉开眼笑地，瞧那跟着玛克西姆就怯怯走进来的孩子和站在门旁，曾请求要赏识海外乐器，羞答答低着眼睛挂着一顶下垂头发的宜倭昔姆。等到玛克西姆和抛特立克在软床上坐下的时候，她猛然打动了压木，弹奏起来。

她把她原来在拉介克学校跟克拉夫斯教习所学的那最得意的曲子奏一番。这个曲子最喧杂最诡谲，还有最难的地方，就是要手节灵敏的功夫。当在学校考试的时候，恩那米哈宜洛夫那于稠人广众之中，博得大家的赞美，不但都称颂她本人的技术精良，就是她母校的名声也跟着增高了。还有件事情，虽然谁也不能确说必是，然而有许多人都是这么猜想，说这波抛立斯基所以爱恋上这亚琴克女士的缘故，不早不晚刚好就是当她奏那繁难曲子，一刻来钟的工夫里。今儿这少妇又弹弄了这个曲子，虽然希望再打个胜仗，可是这次与上次不同。她这次愿意把被小俄国木萧迷恋住的儿子的心肠，诱致到自己这方面来。

然而这次她的希望成了一场空梦。匈牙利的乐器反倒没有能力和乌克拉因地方的柳枝争赛。诚然制造这匈牙利的钢琴，用去很雄厚的资本，如贵重的木品、精致的钢弦、匈牙利匠师的技艺和很好很宽大的脚板。对于以上所述数项虽乌克拉因木萧未曾一有，然而它也有它的特色长处。因为它是在自己的本乡，在自己骨肉之邦乌克拉因的天籁中生长的。

在宜倭昔姆没用刀割下它来和没用烧红的铁条烙透它的中心孔之先，它在这孩子之本乡相熟识的河岸上已经摇荡了好久，已经饱受阳光宠爱和乌克拉因和风的吹嘘。以此点看来，现在这远方的钢琴确无和这木萧争胜负的资格。况且木萧与这盲童曾遇的时候正值人人入梦，万籁无声的之际，只听有神秘晚间沉闷摩擦的声音和布科树叶梦睡中的响动，并有乌克拉因故乡各种"天然"把它护送出来。

波抛立斯基夫人的程度较宜倭昔姆相差甚远，她那细秀的手指固然是跳动得又快又柔软又自由。她所奏的音曲是繁杂宏富的。当克拉夫斯教习教授她的时候，曾用尽许多工夫使她有操纵这难做乐器的能力。然宜倭昔姆在音乐上身受有直接的感触，如对于这故乡的天然也爱喜来，也悲愁来，也带着喜憎的情绪去交接来。这是故乡天然教会他这种简易的曲调，"天然"两字里包含林木的声响，旷野花草的细语和故乡深思古久的歌曲。这种歌曲当他孩提时代在摇床里躺着的时候，已经就听见了。

诚然这匈牙利的乐器是难以战胜这俄国的木箫，还没有过一分钟的工夫，玛克西姆忽然间用那拐杖凶凶地在地板上敲了几下。当恩那米哈宜洛夫那转过身来的时候，见抛特立克面无血色的样子，和她记得最清切头一次出去游玩他躺在草地上的样子一样。

宜倭昔姆瞧了瞧那个孩子，随后又带着轻蔑的眼神望了望那匈牙利的乐器，他那两只笨靴子敲着客厅的地板咯拉咯拉地出去了。

八

这种失望，让那可怜的母亲不知落了多少酸心之泪，又伤心又羞臊。当着"仁惠夫人"听见"这个人的喝彩"，自己认为是非常地受刺激，是被谁呢？是被一个小小马夫宜倭昔姆凭着一枝粗木箫！当她想起霍活乐满带轻蔑神气的眼神，怒血就涨满了她的面孔。她是从心底看不起这"可憎的霍活乐"。

可是，每天晚上当她孩子跑到马厩里的时候，她启开窗户凭在那里贪贪地倾听。初时她带着一种怒而轻蔑的感觉，竭力地在这蠢笨的啼唪里寻找可笑的破绽。然而渐渐地连她自己都不知这个缘故，因为什么会发生出来这种结果——蠢笨的啼唪慢慢地使她注意起来了，她反倒恋恋不舍地去扑听那凄凉悲惨的歌曲，稍微把精神一定，可就发出一种疑问：他那些歌曲的引动力是在什么地方？那歌曲能诱人的神秘又是在哪里？于此慢慢地蓝蔚的晚天，缥缈无定的晚阴和这可怪歌曲与天然相调和的昔调可就把这个问题给她解决了。

她觉得自己和战败受擒的俘虏一般可就想道："啊，这里有一种极特别性中分流出来至诚的感觉……这迷人的歌曲非仅凭谱本所可学会的。"

这是一个实在的道理。这歌曲中的秘密存在于早已死去的"过去"和永远生存，永远与人心讲话的"自然"（它是这"过去"的证人）两者间玄妙关系之中。这愚陋野人虽穿着胭脂涂抹的皮靴带着两只胖胝的粗手而竟秉赋着这种和谐之气和天然之活跃的情感。

她自己承认了这傲慢"女主人"渐渐地宾服了这养马夫。她也忘记了他的粗劣衣服和胭脂的气味，听见这清朗流露的曲调，就想起他那一副和善的面孔来，配着灰色宜人的眼神和由丰须里透出来的羞涩滑稽的笑容。然而一阵一阵地在少妇脸上和两鬓左右时常浮出来红色的怒气，她觉着因为争得她孩子注意的缘故，她和这野人立在一个舞台之上，处于同等的地位了。进而言之，他虽然是个仆役，他还战胜了。

此时花园里的树木，在她头上颤颤地作起细语。夜间蓝蔚的天空透出一点一点的火光，沿着大地布满蓝微微的密雾，而这少妇胸里因为听见了宜倭昔姆的曲子，那如火如荼的愁闷，不住地轮回流注。她一时比一时的镇静，一刻比一刻地更明白这寻常曲子之简单的秘密了。

九

不错，宜倭昔姆是有真诚活泼的情感！至于她呢？她岂是没有一点儿那种情感吗？因为什么她胸里的心儿跳得那样的慌张、那样的热挚？那泪珠儿因为什么不觉不由地就涌上眼里来呢？

虽然她的儿子背着她向宜倭昔姆那里跑，虽然是她不会给他孩儿取得那种无忧无虑的消遣，但心慌泪落这就不是情感吗，这就不是她爱喜孩儿那种热烈的情感吗？

有一次她想起她孩儿脸上那种痛苦的样子，是因为她弹奏所招出来的。从她眼里那如火般热的泪珠，不禁地滚将出来，一阵一阵那已来到喉咙里要发作出来的啜泣，用上极大的气力才压了下去。

困苦可怜的母亲！因为她孩儿失明渐渐就成了她终身自己不可医除的病症。每逢这孩子感受哪一种苦痛的时候，则在母亲眼里看来这孩子就好像有无限的温柔，有似能吞没他的那种情感，并且这种情感就好像有千条的琴弦，把她那说不出来苦痛的心肠，束缚住了一般。因为这个缘故，所以和吹箫的"霍活乐"[1]争衡之事在旁人看来是觉

---

[1] 霍活乐即宜倭昔姆。

羞辱的，而在她看来不但不觉羞辱，反以为是各种最有力最强大热烈苦痛的源泉。

如是光阴荏苒地过了好久。虽然她心里没有些许的松快，可是也不算没有成效。当霍活乐吹弄木箫的时候，因为有一种迷惑人的力量，所以她渐渐也就觉着那音韵曲调的声浪有活泼的情感了。这个时候，她就觉着有了希望，借着冷然间所发生自信力思潮的压迫，她就走到自己乐器近前，启开了上面的盖板，打算用这压木所打动出来如歌如唱的声音去压下去低音的木箫，欲而复止的约有几次，每次都是因为不坚决的和羞涩而带畏惧的感觉，把她止住没有做成。而她那受痛苦孩儿的容貌和霍活乐轻蔑的眼神时常地现露在她的眼帘之前，她的两颊于黑暗之中因为愧惭的结果，不禁地就发红燃烧起来，一只手在空中压木行列上，带着又恐惧又贪恋的样子不住地回环……

她内部的自信力，一天比一天宏大起来，若是晚上，挑着时候，当她孩子在远处甬路上玩耍或者外出游逛的时候，她就凑到钢琴近前弹弄起来。头几次她并没十分满意，因为心手还没合宜，所发出来的琴音，初时很不中抑扬顿挫的节奏。然而慢慢地可就充畅了、灵活了、节奏和声音也就流成一体了。霍活乐的这个教训并不是没有功效，并且因为母亲具有那种热烈的爱情，还因为她极机警地能了解那孩子心里强烈占据着的是什么，所以她就能够这样迅速地完成这件功课。现在从手下所发出来的已经不是那种强烈睿智的词韵，乃是柔和安详的歌曲，就如同乌克拉因地方的幽思宽慰着为人母的心肠，在那暗室里号哭哀鸣呢。

到后来她为的是公然作战，已经有了充分的勇力。于是每天晚上，主人的宅邸和宜倭昔姆的马厩两方面就作起令人奇异的比赛来。从这茅草为顶的黑暗的马厩里飞来木箫抑扬顿挫的声音，迎着它从那布科树枝叶后边，日光浸罩高大宅邸，开启的窗户里，有似歌似唱充畅和谐钢琴的声音传出。

起初的时候，就是这孩子就是宜倭昔姆无论是谁都不愿意去注意这宅邸里狡猾的乐器，并且对它都具有一种偏僻的见解。每当宜倭昔姆歇住的时候，这孩子必定把眉头一皱，带着不能忍耐的样子去催促他。

"嗳，吹呀，吹呀！"

然而还没有过去三天的工夫，这种木箫中止的情形，一天多着一天。宜倭昔姆也是放下木箫带着有增无已的高兴劲儿去倾听这宅邸里所飞来的琴音。后来当他休息的时候，这孩子也听起来了，反忘记去催促他的朋友。最末尾，宜倭昔姆带着深沉的样子说道："唔，这么般好哇……不要说了，这真是个玩意儿……"

随后，带着像寻常人倾听什么似的那种沉闷样子站起来，牵着孩子的手儿就去了，穿过花园奔着厅房的敞窗走来。

他以为仁厚的女主人弹琴是为自己取快乐，没有注意他们。然而恩那米哈宜洛夫那在这停顿的时候，听见了和自己争衡的木箫停歇，见出自己的胜利，因为欢喜的结果，她的心里可就跳将起来。

她那恼怒宜倭昔姆的感觉，随之也就完全丧失。她觉着非常幸福。并且认为取得这种幸福对于宜倭昔姆负有许多人情。他教会她怎样地再使这孩子倾向自己，使这孩子将来从她的身上得到各种可宝贵的新印象。他们俩都应当感谢这吹箫的野人（即他们公共的教师）。

十

却说自从城市来的怪客搬进客厅以后，因为他印入这孩子脑筋里的印象，仿佛是怒气勃勃好喊叫的一件东西，所以这孩子就不再入这屋门一步。自从波抛立斯基夫人，打了胜仗以后，以前那样一天疑云都已冰消瓦解，所以她次日静悄悄地带着好事的样子又走进了这间客厅里来。因为前一天这客人所唱的那些曲子，把这孩子的听官贿买过去。从前他对于这件乐器的感情，现在完全改变。不过从前恐怕乐器的余威尚有少许的余迹，所以他没敢走到钢琴近前，还有些距离呢就停住了脚步，倾着耳朵去细细地听察，客厅里一个人儿也没有。母亲拿着针黹在旁边屋里的躺床上坐着，屏着气息观望着他，品察他的动作和他神经充足的脸上所现出来的各种变换的样子。

老远地伸着两只手，他可就摸这了光滑乐器的上部，战兢地立刻把手就收缩回来，如是的有一两次，这才又向前凑近一些，这可就细细地考察起这个乐器来了，弯下腰去，触着地皮，摸弄它的腿儿，随后顺着不靠墙的空地儿转了一圈。末后他的手碰着了光滑的压木。

钢琴柔和的声音，微微地飘荡于空气里。这孩子倾听渐渐消灭的音波，有那为他母亲所听不见的，又听了好久，随后又带着很注意的样子，把旁个压木击动了一下。于是依次往下击动，他的手指可就到了高音的部分了。每一音声发出，他都留给一个相当的工夫，这些声音一个跟着一个地飘飘荡荡在空中振动，随后就消灭在空中了。这盲童的脸面带着紧张注意的样子，露出很满意的神情来。显见着他对于每一个单独声音都是留心赏玩，并且因为他对于各种原子声音和组成腔调的各种单独音段，都有极机警的注意，就是他能成为将来艺术家的原因，也即埋根于此了。

并且这盲童所弄出来的声音好像每一个声音都有一种莫名其妙的特别的性质。从他手里飞出高音部的快乐清朗声音的时候，他就抬高他那活泼的脸儿，好似往上送这尖锐飞腾的声音一般。反过来，若是遇见深沉远隐和粗浑微妙战栗的声音，他就倾下耳朵去。据他看来，这沉闷声音，就应当低浑，去悬在地面上边，顺着地板散荡于四周，消失在远处墙角屋隅里一般。

十一

玛克西姆听各种音乐都是忍耐着性子。说起来无论怎样奇怪，可是那孩子显然所表现出来擅长的性格，在这残兵身上，激发出来具有两性的感觉。从这热烈嗜好音乐的引诱力看，可以表明这孩子一定有音乐上的特能，所以可以决定他必有一部分可能成就的将来。从另一方面看，因为有这种明了，所以在这老兵士的心里，又发生出来无限扫兴的感触。

玛克西姆忖度道："音乐这宗东西，自然是也有驭制群众心理很伟大的能力。譬如他这失目的召集几百名都丽的男子和盛装的闺秀们，给他们做各种的'瓦立斯'和'倭克秋耳雷'[1]（说一句老实话

---

[1] 瓦立斯和倭克秋耳雷是两个跳舞的曲子。

吧，除了'瓦立斯'和'倭克秋耳雷'这两个曲子，玛克西姆就没有他种音乐的知识）的曲子，而他们一个一个的用手绢儿去拭擦眼泪。哎，罢了，虽然我所希望的并不是这个，可是再也没有什么法儿！从小就失了目，那么他能够以什么立身，就让他以什么立身罢了。除了歌曲都是好的吗？歌曲并不是徒劳地谈论些无益悦耳的东西，它也能给人以各种的方向，警醒脑筋里的意念和振作胸中的勇气。"

有一天晚上他随着这孩子来到宜倭昔姆这边可就说道："哎，宜倭昔姆，扔下你的木箫吧，哪怕就是今儿这一回呢！这若是街上的小孩子们，或者是野田里的少年的牧童儿也有个理由可以原谅，像你总算个成丁的男子汉，怎么连不开窍的玛利亚也没把你教训老实了呢。啐，真令人替你害羞！说起来，无知的女郎倒回过头来了，而你竟执迷不悟，一天不如一天了，简直和鹌鹑锁在笼里的一般。"

宜倭昔姆听了这一大篇愤懑的训词，对于这无缘无故所发泄出来的恼怒，不过付之一笑而已。唯独提起孩子牧童等等的话头儿不觉不由可就觉着有些悔丧的意思。

他说道："先生，你不要说了，那样的木箫无论在哪个乌克拉因的牧童手里也找不着，牧童的木箫迥乎是另一样子……那才真正是啸是叫呢，若说这个……请你听着。"

他拿起木箫来用手指将所有的窟窿都按上，然后取上下相同的两音合吹，以便玩赏那充畅的声音。玛克西姆可就啐了一下。

"啐，老天，你饶了吧！你这年轻人真算一天混着一天了！我才看不起你那箫呢。它们都是一样的，也不论木箫，也不论是妇人，还

42

有你那玛利亚也拉杂在内。你倒不如给我们唱个曲儿，假若是你会呢，就请你唱个古歌儿。"

玛克西姆是个俄国人，当他和乡下人或院中的底下人们交谈的时候，是很和平没有架子的。虽然他时常的吵闹谩骂，可是并不带侮慢的样子，所以人们对于他都很恭敬，并不觉拘束。

宜倭昔姆对于这个请求答道："这算什么呢？原先也有过那个时候，我唱的并不比人们唱的坏。然而可有一宗，就是我们乡下人的歌儿，也不能入你们的耳啦。"他把谈话人的对手方轻轻地刺激了一下。

玛克西姆说道："嗨，不要说用不着的了，若是好歌儿再唱到好处，木箫哪比得上。抛特立克，咱们听听宜倭昔姆的歌吧。可就是不晓得我那小心肝儿你明白不明白？"

小孩子问道："是唱'奴农'的歌曲吗？若是'奴农'的我倒明白。"

玛克西姆长叹了一口气，他是一个幻想家。在少年的时候他也曾想过在组织一个新"谢查"[1]社会。

"嗳，小孩呀！这不是'奴农'的歌……这乃是自由有力民族的。你外祖也曾在得夜普耳和杜那宜等河的流域和黑海边上平原里唱过……"他又插了一句道，"你一定有时候可以明白，可是现在我怕发生旁的……"

实在这玛克西姆只怕发生旁种不明了的地方。他以为歌词中各种

---

[1] 当十八九世纪的时候，有哥萨克种人，因避大地主的淫威逃到得夜普耳河的流域，组织一种会社，专事争斗，不服王化。这个社会，俄国叫它为"谢查"。

清晰事实状态，必须有视官的想象，我们才能明白其中的意味呢。他怕这孩子黑暗的头脑没有领会描写民风那种歌谣的词意。他忘却古时的游唱者，乌克拉因琵琶师和弹奏四弦琴的人们，大半都是失目的盲人。虽然艰苦的命运和肢体上的残疾每每使人把那七弦琴和琵琶拿在手里去随处乞求施赐，然而拿着那种乐器歌唱的，也并不都是穷人，也并不都是迫不得已，拿着这个做糊口的营业，也并不都是老年才失目的。人的失目就好似有一种黑帷幕把可见的世界遮盖上了，以阻扰人的工作，至于所说的这个黑帷幕当然是在人的脑海里边。虽然如此，由于先天遗传来的想象和由于他种方法所取得其他各种的印象，盲人的脑力在那黑暗里究竟能够开关出来自己独有的一个世界。它是抑郁的、悲惨的、黯淡的，然而可并不是没有特种世界中独有的快乐。

十二

玛克西姆同着孩子坐在乱草上边，而宜倭昔姆躺在自己的板凳上（这种姿势和演奏者的神情比较着适当些），沉思了一会儿可就唱了。也不晓得是偶然的结果呀？还是他机警的天性如此呢？他所选的歌儿，非常使人满意。他所选的是描写历史上的情况：

喔唷，彼处在山上，农夫割禾呢。

无论是谁，若是听见这个民歌唱到最好的程度，这歌曲高而迟缓古老的声腔，必影印于脑海里边，并且还带着一种因缅怀古昔而生的忧伤情意。在这歌词里也并没有流血的战争和流血的伟绩，内中所包含的也不是哥萨克和他温柔情人那种的别离，也不是勇敢的攻击，也不是顺着沧海和杜拿宜河里航行时四周被白鸥拥送着的远征军。这仅是闪电般的一幅图画，在乌克拉因人脑海里翻涌出来，好像迷离的澹景或忆及古昔情状一段的梦境。青天白昼忽然在他想象里，现出这种云雾朦胧的一幅图画，详细察之尤有悠悠已往古昔特别的忧情弥漫其中。此种古昔虽说悠悠已逝，而并非毫无遗迹者！如藏埋哥萨克人骸骨和子夜有磷火光明，以及夕阳西下发扬沉闷呻吟之哀声的巍巍高塚，至今尤把古昔二字详道不绝。民众的口碑和渐渐少人诵读的乡谣，也对于这个古昔道个不休：

> 喔唷，彼处在山上，农夫割禾呢。
>
> 在山陵下，在青绿下。
>
> 哥萨克行！……
>
> 哥萨克行！……
>
> 在绿色山上，农夫收割庄稼。
>
> 在山的下边，哥萨克军队行走。

玛克西姆听这悲愁的歌词，听得入神。在他想象里因为受美妙声腔歌词内容相融的那种感动，呈出来一幅好似为含愁夕阳反照的图画一般。在那安静的田地里和山陵上露着有农夫的身形，静悄悄地弯在禾苗上边。在山下毫无声息仅看见有数排军队经过。一个跟着一个，都钻在晚间山谷所投的阴影里边去了。

在多洛神克前。

蜿蜒着自己的军队，这军队是滩外队。

壮矣哉，壮矣哉。

这记述以往时间长韵的歌谱，在空中飘鸣响荡，为的是养精蓄锐做下次的鸣响，再在这黑暗里唤出各种新现象或新形体来，可就在空中灭落下去。

十三

小孩子带着昏迷悲伤的脸面听着。等他唱到"农夫在山上割禾呢"那句的时候抛特立克立刻发生了一种想象，好似又到了旧相识的峻岩的极巅。因为什么他能知道这峻岩呢？因为山底河里的波浪激荡山石，隐隐地有很小的声音发出。他亦晓得什么是农夫，因为他能听见镰刀振振声和禾穗坠落时的飒飒声音。

等到这歌唱到在山下怎样的时候，这盲童的想象立刻地就离开了山巅落到山涧下边去了……

镰刀振动声已寂静了，然而这孩子仍然晓得这些农夫还是在那山上呢，不过因为他们所在的地势过高，听不见就是了。那分高劲儿，与松树相等，所不同的就是松树声音站在山下时可以听得见。在山之下河之上飞扬出来许多均匀马蹄的践踏声……马是很多在那山底下黑暗里，都成了一种渺渺茫茫地鼎沸的声响。这就是"哥萨克行走呢"。

他也晓得什么是哥萨克。有个哈威亟克是个老头儿，时常到他家里来，都叫他为"老哥萨克"。他抱起抛特立克放在自己的膝盖上，用抖索索的手去抚摸他的头发，这种情形也不是一次了。每逢这孩子摸他脸面的时候，他那很灵警的手指就觉出很深的皱纹来，丰盛下垂的胡须，内陷的两颊，还有流到两颊上老年人的那种眼泪。借着迟缓的歌调这孩子以为就是那样的哥萨克在山的下边。他们坐在马上也像哈威亟克一般，也是满脸胡须的，也是伛偻的，也是那样子衰老的。他们在带着无形的阴影的黑暗里移动，又像哈威亟克似的不晓得因为什么啼哭，也许是因为在这山上和山谷之间有宜倭昔姆那种悲伤延转歌曲呻吟的声音停注在这里。这个歌曲是咏念"一种哥萨克的"，说他们把青年的妻子们抛弃了，去换那征劳和兵灾。

玛克西姆见这孩子有那种灵警的性能，就明白了，虽然他的视官丧失而对于玄妙歌词的结构，他还有充分的能力去领会。

第三章

一

因为根据玛克西姆的计划所设施的环境，使这盲童自己，有能竭力的机会都得竭力，所以得了许多的好结果。他在家里并不是很艰苦的，在各处来往行走是准当的很，自己能清理自己的屋子，所有自己的东西玩物等类也都放置得有一定的秩序。这孩子什么都能做。除此以外，玛克西姆又注意他身体上的练习。这孩子本来会一种体操，等到六岁上的时候，玛克西姆送给他外甥一匹温驯的小马。他母亲起初就设想到过，说她失明的儿子能够骑马。她常认她哥哥的那种企图，纯是愚妄不近情理的。谁成想这残疾人竟把自己的计划实际上施行了，不觉过了两三个月的工夫，这孩子竟坐在鞍鞯上，有宜倭昔姆伴随着，遇有拐弯抹角的地方，但听他的指挥，竟欢天喜地地奔驰起来了。

因此失明并没曾妨碍身体正当的发育，即精神上的阻碍力也尽量地衰减了。如果以同年纪的孩子们来与他比较，则他的身量又高又魁梧，不过面色稍微灰白一点，然而相貌还不失清秀有神的。黑头发配搭着脸庞，脸庞更显发白，唯独圆大发暗而少动转的眼睛，可是带出他那一种特别的神气来。不晓得有一种什么道理，这眼神立刻地就可以惹人注意。如眉上轻微的皱纹和向前低头的那种习惯，并他清秀脸庞上不时浮泛出来的那种不高兴的样子，这都是他失明外形上的表现。他的举动若是在寻常熟识的地方都是稳准的，然而人类天生来那种活泼劲儿是被压落下去，却仍可以看得出来，并且一阵一阵地发现出神经尚很强烈的样子。

<h2 style="text-align:center">二</h2>

现在这听官所得的印象，的确在这盲童生活里占了最高的地位。声音的形状渐渐成了他意识上极主要的形状，并且也是他智力工作上的中心。他深听着歌曲里捉魂夺魄的腔调，可以将歌曲记住，领略歌曲的内容以后就可以分析，何者为哀，何者为喜，又何者是为狐疑。他对于追捕环绕着他的那种"自然"的音声更为注意，并且会弄模糊那种的感觉和习惯的腔调，有时节他会突然出手穿凿成很自由的绝妙声韵，令人难以辨别什么地方是俗人耳官所习惯的腔调终止了，什么地

方是他个人的"新创造"开始奏起。就是他本人在他自己的歌曲里也分别不出这两种的元素。因这两种东西在这歌曲里是混合而成一体。他没有花多久的工夫，凡他母亲在钢琴上所教授他的东西，他都学会了，然而宜倭昔姆的木箫他还是喜爱。只不过钢琴比较起来贵重些、响亮些、宏大些。然而钢琴是放在屋里的东西，至于木箫呢，可以随便携带到田地里，它所发出来流啭的声音和旷野间寂静的气息融合。那种美妙自然的劲儿真是有时连抛特立克自己都说不清楚，是远处的琴歌被流风吹送过来的呀，还是他自己从这木箫里引诱出来的呢？

这音乐上的消遣，渐渐成了他精神上进步的中心，能使他的生活变得满足和多样。玛克西姆可就借着这种消遣法的机会，把本乡的历史介绍给这个孩子。这全部历史按着这孩子的想象，都是从各种声音编组而成的。因为这孩子爱喜歌曲所以得明悉这历史上的伟人和伟人的遭遇，还有本乡的命运，遂发生文学上的嗜念。赶他九岁的时候，玛克西姆就开始教授他这种课程。玛克西姆所教授的这勇敢的课程（他因此遂专心研究教授盲人特别的法则）倒是很受这孩子的欢迎。并且这种课程对于他的心兴又触动出一种新元素——确切与清晰，它是均衡音乐中模糊的感觉。

如是，这孩子每日的时间都是忙着，没有间隙工夫，不能够埋怨他所得的各种印象贫乏。他的生活上毫无缺点，凡为儿童所能得的他都享有。他还好像并没感觉着自己的"失盲"一般。

其中，有种很奇怪非孩童们愁闷的神气从他性情里透露出来。玛克西姆认为这是儿童们一般具有的一种缺点，曾很竭力去弥补过这个缺点。

往家里所招引来的那些村儿们，虽然极性地撒野来，可终是不能从容地奔驰。只要不是在不习惯的环境里，则这失明的孩子也没少羞愧了他们。他们都带着很恐慌的样子观望着他，大家不是团在一处默息无言，就胆怯怯地彼此细谈微语。赶到把这孩子们松放在花园里，或者松在田地里的时候，他们就随便多了，能想出各种的游戏玩耍来。当这个时候，这失明的孩子倒呆竖在局外了，恼丧不搭地倾听着欢天喜地的朋友们蠢动。

宜倭昔姆时常召集些孩子们围成一堆，给他们讲些可笑的故事。什么愚蠢霍活乐的鬼了，什么奸滑的女魔了，这些孩子们都已听得烂熟。于是把这些东西都拿出来附和在谈话里，所以这些谈话没有不是热热闹闹的。这盲孩子带着很留心很有意思的样子听着他们，可是自己嬉笑的时候却很稀少。显见着，花言巧语的那种诙谐对于他是格格不相入的，并且也见不出来有什么聪明灵巧的地方。不论是讲说者的油滑眼光，不论是笑面上的皱纹，更不论是长须的牵动等等的形状，他都是一概看不见。

三

在以上所述种种情形之前，管理比邻财产的那个"波斯朔耳"[1]业已更换了。从前那个比邻的"波斯朔耳"是极不忠厚，就是和波

---

[1] 俄国西南部财产招租的制度发达得很早：凡是佃户都称为"波斯朔耳"，好像财产管理人一般。他给所有者交纳一定的租款，除此以外，凭着佃户的能力，无论收入多少，统归佃户，与所有者无干。

抛立斯基先生这样怕事的老实人，也不晓得怎么这一回家畜践踏了田苗，就起了诉讼。现在顶他的位子到比邻的宅邸里，来了一个老头儿亚斯库里司基同着他的妻子。你可不要看他们夫妻所叠加起来的年龄有一百多岁，说起来他们的婚姻缔结的还不算久，因为亚库布许多年也没把租田的款子积足，所以他一向飘踪浪迹地各处给他人当家务的管理人。至于这阿哥那什太太为的是等待吉期，就在波脱赤克牙伯爵夫人那里充当名誉的"食客"，赶等到了吉期。当未婚夫妇站在礼拜堂里的时候，那英雄似的未婚夫，腮旁额上须发俱都斑白，而那未婚妻羞答答泛红的脸上，周围也被银色的毫毛嵌配上了。

虽然是这种的情形，而并没曾影响着他们夫妻间的幸福。这晚年爱情的结果，竟送来一个女儿，她是和这盲童同年。赶到了老年，这一对老夫妻治下了一个安身处所，虽然这是附有条件的，究竟也可算作完全的主人翁，所以他们很安静朴素地住在里边，好像用现在这清闲幽隐的境况，去补酬自己当年寄居他人宇下那种奔劳困苦的生活一般。他们头一次承当佃户没曾收得十分圆满的结果，现在这是第二次，他们对于事情上的经营也熟悉了。所以虽来到一个新地方，而立刻就很称心地安置下了。亚斯库立夫人，在那挂着天鹅绒镶边的圣像墙角上，同着柳枝风蜡[1]在一块儿堆藏着许多，盛着各种花根草茎的口袋。这种东西曾医治过丈夫的病症和由各乡来的村夫村妇的疾炎。这种花草，放吐一种特别芳香的气味，把这小屋都充满了。这个

---

[1] 风蜡的形状，是很高的，寻常在大风里点用。在当人死的时候，将这种风蜡放在死人手里。

香味无论对于哪个来造访的人都留下一个纪念，使他们忘不了这清洁的小屋和这屋里的幽静的秩序，并这屋里两位老者那种不寻常清静的生活。两位老者膝下，只有一女，年纪还不甚大，顶着一条修长亚麻色的发辫，配着深蓝色的眼睛，并且她有一种沉着的神气，充布于周身四骸。无论是谁，初次见着她的时候，没有不受那种神气刺激的。仿佛是她父母晚年那种清静的爱情，影响到女儿性情之上，她就变成非等闲孩子们谨慎的样子，安详缓和的举止和两只眼睛深远沉思的神气。她向来见人接物也不生疏，也不回避，和一般儿童交识，凡他们所有的玩耍，她没有不参加的。她都是带着一种极诚挚极谦卑的样子，好像对于她个人，没有什么轻重和希图，这都是为旁人谋利益似的。她自己的家庭里都非常满意她，她或玩耍，或采花，或和"偶人"对语，都带着一种沉着庄严的神气。因此，她在你面前时常仿佛不是个小孩而是个成年的妇人一般，不过身量稍短一点就是了。

四

一日，抛特立克一个人坐在临河的山上。此时太阳业已西落，空气里停潴着一片寂静，唯闻有自乡村回归牲群鸣吼之声，因距离窎远，隐暗暗地飞向前来。这孩子刚玩耍完毕，躺在青草上边渺渺中就入了夏季暮晚疲乏的梦乡。他睡了还没有一分钟，忽然间有行人脚步声响，把他从梦中惊醒。他带着不满意的样子，挂着一只胳膊把身稍微欠起可就倾听。这脚步的声音到了山坡近前，可就住了。他晓得这个脚步不是他素所熟识的。

"小孩儿！"他忽然听见一个孩童的嗓音，"你晓得吗，方才谁在那里玩耍来？"

这盲孩子不喜欢旁人破坏他的孤独的寂静，所以回答的腔调并不十分和蔼：

"这是我……"

这种回答是可怪的疾声，随赶着这女孩子就用一种和平赞成的腔调说道："怎么这样好哇！"

盲儿听了一会儿，听着那无请求的对谈者还是站在那里，可就问道：

"干什么，还不走开呢？"

这女孩子用那清脆平和而又奇异的嗓音可就问道：

"你因为什么赶我呢？"

这孩子平和的嗓音很畅快地感动了盲童的听官。他又用原先那种的嗓音回答道："我不喜欢有人往我跟前来……"

女孩子又笑了。

"还是这样子！你睁开眼睛看一看！除非都是你的领土，你能禁止谁在地上行走吗？"

"妈妈吩咐过，无论谁也不许到我跟前来。"

带着沉思的样子，这女孩子说道："妈妈？而我的妈妈准许我在河岸上行走……"

这孩子受大家退让是娇惯的了，向来没曾听过这种强硬的回驳。恼怒的发作在面上用神经的潮浪表现出来，他站起身来，又快又逼急地喊道：

"请你走，请你走，请你走！"

若任其自然，则这出戏不晓得怎样结尾呢。恰好在这个当儿听见宜倭昔姆唤这孩子吃茶的嗓音从家里传来。他就快快地跑下山了。

"啊，这个孩子该有多不懂人事！"他听见在自己后边有这样很坚决不满意的评判。

五

次日，这孩子又坐在那个地方了，他可就想起昨天那件冲突的事体来。现在在回想里，不但没有丝毫的愤恨，反倒很盼望带着宜人和平的嗓音，为他从来所未听见的那个女孩子再来。他那些旧日所熟识的孩子们很响亮地喊叫，嬉笑的也有，打交手仗或放声疾哭的也有，可是没有一个是带着那种宜人的嗓音儿说话的。他此时觉着很可惜他把一个不相识的姑娘欺侮了，心中想着，她以后大概再也不肯来了。

果然，一连三天这个姑娘也没走来。赶到第四天上抛特立克听见下边河岸上有她的脚步声音，缓缓行走。河岸上的砂石轻轻地在她脚下作响，她用那半音的喉咙不住地吟唱波兰的小曲儿。

"喂！"当她走得遥对着这孩子的时候，他就喊问道，"这又是你吗？"

这姑娘没有回答，砂石还是照旧地在她脚下作响。在她那无忧无虑唱曲儿的嗓音里，据这孩子听着，好似还含有那未曾忘却的欺侮一般。

可是，走过了几步以后，不认识的女郎停了脚步。不言不语地过了两三秒钟，当她整理手中野花把儿的时候，他等着她的回答来。当这姑娘默息的时候，他觉着她有意轻蔑他。

"你是不是看不见我是谁呢？"最后摆弄完花把儿，她带着很大的架子问。

这一句很平常的问话，在这失明的孩子心里，招出无穷的苦痛。他一个字儿也没有回答，唯独他凭在地面上的两只手，好似拘挛了一般，抓住地上的青草。虽然此时谈话已经终了，而那姑娘还是立在那里，一边儿整理着花把儿，又问道：

"你吹木箫吹得那么好，是谁教给你的？"

"宜倭昔姆教给我的。"抛特立克回答着。

"很好！可是因为什么，你那么发怒呢？"

"我……没有恼怒你……"这孩子轻轻答着。

"若是这样，我也没有恼怒你。来吧，咱们一块儿玩耍吧。"

这孩子向前凑着回道："我不会和你在一块儿玩。"

"你不会玩？……因为什么？"

"没有什么。"

"不对，你究竟因为什么？"

"没有什么。"他回答的声音刚刚地算使人听得见又向前凑了些。

他生来对于自己失明的事体向谁也没有谈过呢，这姑娘那种直朴追求的腔调所说出来的问话又让这孩子感生了无由的苦痛。

不熟识的姑娘走上了土岗。

她并排儿和他坐在青草上，带着谦卑怜惜的样子说道：

"你该有多好笑哇！对咧，你一定是因为和我还没熟识呢。假若你和我熟识了，你就该不惧怕我了。可是我，谁也不怕。"

她说这个时带着一种明了的样子。这孩子听见了这姑娘怎样把花把儿扔在自己面前。

他问道："你从什么地方采来的花呢？"

"在那里。"她把头一转向后指着。

"在草地里？"

"不是，在那里。"

"就是在山树林里。这都是什么花呢？"

"难道你不认识花吗？……唉，你该有多奇怪呀。……诚然，你是奇怪……"

这孩子将花抓在手里。他用手指很快地把花叶花冠抚摸了一遍。

他说道："这是双鸾菊，这是二月兰。"

后来，他想也用那种法子去辨认自己的对谈者，用左手捉住了这姑娘的一只肩臂，右手可就摸起她的头发，次及眼皮随后很快地将各手指从面上滑过，有些地方，稍微停顿一会儿，仔细地把一个不相识的容貌研究了一遍。

所有这种种行动，那样的冷然，那样的迅速，甚至使这诧异的姑娘连一个字儿都没及吐出口来。她仅仅看见了他那圆睁的眼睛，露出有些近于恐怖般的感觉来。这个时候她才察觉出来她新认识人的脸上，有一种很奇怪的样子，这种神情和他直呆呆不动转的眼神完全不是一致。看不出这孩子的眼睛是往哪一方面观望，并且和他所作出的行动一点儿合调的关系也没有，在这眼睛里映照着西坠夕阳的光线奇怪怪地流转。所有这种种现象都在那一转眼的工夫里发生，对于这姑娘而言，仿佛是一个糊涂的恶梦一般。

她的肩臂离开这孩子的手掌以后，立刻地就跳跃起来，放声哭了。

"你这讨人厌的孩子，因为什么恐吓我呢？"这是她发着怒从那泪痕里说出来的，"我对于你有什么不好？……因为什么？……"

他坐在原来的地点上，好像被什么困难的问题窘迫着一般，深深地低着头，并且还有一种奇怪的感觉（就是愤懑和卑贱两种东西的混合）带着痛苦塞满了他的心肠。他这是头一次尝试着残疾人的卑贱，是头一次晓得这肢体上残缺，不但可以使人怜惜，并且还可以使人恐怖。他的感觉既有所蒙蔽，很受困苦，当然不能给自己以一种明晰的报告，然而因为认识力暧昧不明，所以他的感觉就招出来许多的苦楚。

这如火如荼痛苦侮辱的感觉涌上喉咙，他跌在草上就哭起来了，愈哭愈甚，紧促的啜泣抖动他弱小的全身，更兼着生来的一种傲气使他去镇压这种火性。

已经跑下岗陵去的姑娘，听见这隐隐的啜泣声，带着奇怪的样子回转身来，看见了她新认识的孩子脸庞倾向着地皮，伏在那里悲哭不止。她觉着有种秘相牵连的关系，遂静悄悄地又步上土岗，停立在啼哭人的身旁。

"喂，"她轻轻地说道，"你啼哭的什么？是不是你以为我必定向谁诉怨你？唉，不要哭了，我对谁也不说。"

所说的话和说话的声腔，更招出这孩子啼哭的火性来。这个时候，那姑娘蹲在他的身旁，坐了有半分钟的工夫，慢慢地动着了他的头发，抚摸了他的脑袋，最后好像母亲安慰被责罚的孩子一般，带着一种温柔而有主张的样子，托起他的头拿着手帕儿给他拭擦两只泪眼。

"喂，喂，住了吧！"她这种腔调，就好像成年的妇人一般，"我早就没有气了。……我看出来了，你很惋惜你这回恐吓着了我……"

"我没打算恐吓你。"他深深地叹口气，为的是镇住神经的腾涌。

"好，好！我不恼怒了……你以后不是不这样办了吗？"她从地上把他扶起来，竭力地打算让他和自己并肩坐下。

他也依从了。现在他又照原先的样子坐下，面向着西坠的夕阳。当这姑娘又把他那被红光所映照的脸面望了一下，这脸仿佛又是很奇怪的。在这孩子的眼睛里还有泪珠停潴着，可是眼睛还是像原先一样，动也不动；脸面的形态因为神经拘挛不住地来回掀动，可是其中所藏非孩童所有那种深邃艰难的苦痛，已经表露出来了。

"你究竟是个很奇怪的人儿！"她带着深思的样子说。

"我不是奇怪的人儿！"他带着愁苦蹙眉的容颜说，"不是的，我不是奇怪的人儿……我……是失目的！"

"失……目的？"这是她延长着声儿说的，她的嗓音颤动了，这孩子轻轻地所吐出来的这个凄惨的字儿，女孩子心肠里好似受了一个不能消灭的打击一般。"失……目的？"这是她用更加颤动的嗓音重复出来的，又带着好像寻找救星以躲避束缚住她那种不可抵挡之怜惜感觉的样子。她立刻地用两只手抱住了孩子的脖颈，用脸儿贴附他的身上。

这个女孩子，因为忽然间受了悲伤的触动，也不拿着自己庄严高慢的架子，又因为愁苦这孩子的愁苦，陡然间就成了愁困无告的人儿，反倒也势不可遏地哭将起来。

<h1 style="text-align:center">六</h1>

静寂无言地相持了数分钟。

女孩子止住了哭泣，虽然强制着，究竟还一阵一阵地不住啜泣。她用满含泪珠的眼睛观看已入晚霞里的太阳，怎样往黑洞洞的天边里沉落。那金球的边缘闪耀了一下，随赶着又发射出几道光芒遂完全无踪了。那远处隐隐的黑林忽然就成了连绵不断的蓝色，缓缓地翻涌。

从河水那边飞来了一股冷气，渐渐接近。夕晚寂静的宇宙影响在盲人的面上，他垂着头坐在那里，显见着他是奇怪这女孩儿诚挚同情的表示。

"我怜惜……"这是她终归呜呜咽咽说出来的，以表示自己性软的意思。

到后来她驭制自己的力量，稍微恢复过来一点。她竭力地向他们两个都能以冷静态度相接应的那种事情上移转他们的谈话。

"太阳落去。"这是她凝想着说的。

"我不晓得它是什么。"他悲伤着回答，"我仅仅……能感觉……着……它。"

"你不认识太阳吗？"

"是！"

"可是……自己的母亲……也不认识吗？"

"母亲我倒认识，离得老远的我就晓得她的脚步。"

"不错，不错，这是诚然。连我闭着眼睛也能辨识自己的母亲。"

现在谈话的性质，较从前平稳多了。

"你晓得吗？"盲童带着几分活泼样子说，"我能感觉出太阳，若是它坠落的时候，我也晓得。"

"因为什么你晓得呢？"

"因为……喂，你不要问了。……连我自己也不晓得是因为什么。"

"啊！"这姑娘延长着声音吐出来的，看那样子这个回答非常使她满意，于是他们两个都不言语了。

抛特立克又说道："我能念书，并且不久前我就学习了用钢笔写字。"

"可是你怎么样……"这是她开始时所说的头几个字儿，随后她忽然间不好意思地就住了声了，因为她不愿意继续作这种带刺激性的问话。可是他心下已经明白。

他解说着道："我念我自己的书，是用自己的手指。"

"用手指？若是我用手指，那可就永远也学不会了。……连我用眼睛还念得不好呢。父亲常说，女人研究科学都不见好。"

"就是法文我也能读。"

"法文！……用指读……你该有多聪颖啊！"她从心里喜欢起来了，"可有一宗我很担心，无论如何，你可不要着了凉。在那河水边，那不是白雾吗？"

"你自己呢？"

"我不怕！把我能怎样。"

"这样说来，我也是不怕的。男子岂有比女人容易着凉的道理。舅父玛克西姆常说，男子什么也不应当怕，不论是寒是饥或雷或云。"

"玛克西姆？……这就是挂着拐杖的那个吗？……我看见过他。他是很可怕的！"

"不是这样的，他一点也不可怕。他是很和善的。"

"不对，很可怕！"这是她咬定着重复的，"你不晓得，因为你看不见他。"

"什么技能都是他教给我的，我怎会不晓得他呢。"

"他打你不？"

"永远也不打，连吓喊过我都没有……永远也没曾有。"

"这还好。若是打失目的孩子还行咧？岂不是近乎罪孽吗？"

"须知他永远也没曾打过。"这是抛特立克说的，可是当他说这句话的时候，他的心已经跑了，因为他那灵警的耳朵听见了宜倭昔姆脚步的声音。

果然一时比一时增大，"霍活乐"的身形，过了有一分钟的工夫就现露在院落与河岸之间那个土丘上边。而他的嗓音远远地在晚间万籁无声的寂静里滚转出来：

"太——太——乌——汉——"（即太太呼唤是也）。

"呼唤你呢？"这女孩抬着身子说。

"是，可是我不愿去。"

"去吧，去吧！我明天到你那边来。现在你家里人等着你呢，我家人也等着我呢。"

七

女孩子准准当当地履行了自己的约言并且比抛特立克所计算的还早些。次日，抛特立克像寻常似的还坐在自己的屋里和玛克西姆研究功课。忽然他抬起头来，倾着耳朵追听，又带着活泼的神气说道：

"你给我一会儿工夫。那边来了一个女孩子。"

"还有什么女孩子？"玛克西姆惊异了一下，就跟着这孩子的踪迹向着出门走来。

果然，抛特立克昨天所认识的女孩子正在这个当儿进了宅院的大门，看见在院里行走的恩那米哈宜洛夫那从从容容一直地走到她的近前。

"可爱的姑娘，你要做什么？"这是她问的。她以为因为何种事体，谁派来的呢。

女孩儿举止庄严地把手给她伸过，可就问道：

"是否你有个失目的孩子？……是吗？"

"我有，可爱的姑娘，是我有。"波抛立斯基夫人一边细看着她那清秀的眼睛和体察着她那见面间从容的样子，一边回答出这句话。

"原来是……我母亲放我出来是为到他这里来的。我能否和他见见面儿？"

正在这个当儿，抛特立克自己跑到她的跟前，此时玛克西姆已站在台阶上了。

"妈妈！这就是昨天那个姑娘，我不当你说过吗？"这孩子一边请着安一边说，"可就是现在我有功课。"

"这次舅舅玛克西姆一定肯放你出来一会儿。"恩那米哈宜洛夫那说，"我在他面前再替你请求请求。"

就其中，这女孩子，看那样子，自己觉着好似在自己家里一般，朝着拄拐杖向他们跟前来的玛克西姆迎上，伸过手去，用那谦卑赞成的腔调说道：

"失目的孩子对我说过，说你不责打他，这个很好。"

"难道提及过这个吗？尊小姐。"玛克西姆带着庄严滑稽的样子，一边用自己宽大的手，去接握女孩子的小手问，"我那个学生能够结交这美妙人儿，我该何等的感谢他呢。"

玛克西姆一边还抚弄着握在自己手里的那女孩子的小手，可就大乐起来，而这姑娘虽然用圆睁的眼神战胜玛克西姆看不起女人的心肠，仍旧还继续着瞧望他。

"你看，恩那，"他转过来对着他妹妹，带着奇异的笑容说，"咱们抛特立克慢慢独立地交结起来了。啊，那你须承认，……不要看他失目，而他交友倒是很会选择，你说是不是？"

"玛克西姆，你有什么用意说这些话呢？"妇人严厉地问着，那热烈红潮已经遍满了面部。

"我这是玩笑！"她的长兄赶紧说道，因为看出来他所说的笑话触动了苦痛的心肠，启发了秘昧的思想，而这思想是在为母早已预料及此的心肠里忽然跳动起来。

恩那米哈宜洛夫那更涨红了脸，急速弯下腰去，带着极温柔的性质拥抱着这个姑娘。而这姑娘也显出来意想不到的那等如风似浪之温和，照旧带着那种清秀而又有些奇异的眼神。

八

自这天起，"波斯朔耳"的小房屋和波抛立斯基的宅邸间就拴上了极亲密的关系。那名唤爱威立那的姑娘每日都往这宅邸里来，随后过了些日子，她也拜玛克西姆为师，做起他的女学生来了。起初这共同教授的办法并非甚合亚斯库里司基先生的意思。第一层，他以为若是为妇人的，能够书记衣服、汗衫等件和写明家常出入的账目，这就十分够用了。第二层，他是个很和善的罗马教徒，以为玛克西姆和匈牙利人打仗有违背主教的圣意。第三层，他深信上天确有上帝，至于瓦立且耳[1]和瓦立且耳崇拜者，不信上帝将来必受地狱中松油煎炸之苦。兹玛克西姆崇拜瓦立且耳，不信上帝死后受油锅之炸，也是他命中造定的劫数。不意这亚斯库里司基先生和他结识以后，不由地倾心承认这个异教徒和暴躁汉却是极爽利聪智的人儿，所以因为这个缘故，这佃户也就让步了。

而这波兰老贵族人的心里究竟有些不安的意思，当他送女孩子初次上课的时候，他以为对他女孩子必须说些冠冕堂皇自矜的话样给玛克西姆听。

"威烈……"他握着女孩子的肩膊，瞧着她将来的先生说，"你要牢牢记着，在天上有上帝，在罗马有他的主教。这是我，亚斯库里

---

[1] 瓦立且耳是法国之著名哲学家，谓天上本无上帝。

司基嘱告你，你当信我，因为我是你的父亲。这是第一层（"第一层"这三个字是用拉丁文说的）。"

当说这些话的时候，他用一种很使人信的眼神瞧着玛克西姆。亚斯库里司基用力说这个拉丁字儿，为的是让人明白，他对于科学并不是一个门外汉，如果要打算瞒哄他，那是很难的。

"再说第二层，我是得有名誉徽章的一个贵族，在徽章蓝质上把十字架儿同着草堆和乌鸦铸在一起并不是毫无用意的。昔日，我们亚斯库里司基门虽然都以健将名世，而由健将改入道途的也是屡见不鲜，而参透天道的尤属不少。所以你应当信我。至于其余关于人世上的事体，玛克西姆先生告诉你什么，你就应当听从什么，还要用心的去学习。"

"瓦连琴先生，请您不要害怕！"玛克西姆带着笑容回答他，"我们不征募令女去组织哥立巴立基的军队呀。"

九

这合并教授的结果没成想对于这两个人都有裨益。抛特立克自然学得在先，因此不免发生些竞争的举动。除此以外，他时常帮助她攻习各种功课，而她给他讲解为盲人所难明了的地方，她也觉着于他很有帮助。至于这孩子与这女孩相处而成的经验，于他的学业上有特别适当唯一的一个助力，给他精神上的工作也有一种特别鼓励和引导的趋向。

总而言之，这个交谊是倾向慈善命运给抛特立克的一个真正赠品。现在这孩子不再寻找完全独居的寂静。他所得的交际是为成年人所不能付与的。当精神安静的时候，他最喜爱爱威立那在他跟前。如果到山岩水滨他们两个必在一起。当他作乐的时候，她带着兴奋中自然的高兴劲儿去听。当他放下箫的时候，她就把自己幼时所得于四周"自然"的印象说给他听。她自然是不会用十分相当的字句去形容它。然而他在这简单的述说里和述说时的腔调里，可以把每种所述说现象的性质上的彩色捉得着。譬如当她说及夜间大地上的沉黑，他听着这种沉黑就是像她嗓中颤巍的腔调一般。当他仰起头来的时候，她就告诉他："啊，这是何等黑云呀，怎这么黑呀！"他立刻地就觉着冷嗖嗖的凉气吹来，在她嗓音里听着有可怕的怪物类似在辽远天空里飞爬的声音。

第四章

一

　　有种天性，其生存的目的仿佛是预定来专为建设与悲愁顾虑相结合的那种爱情上的功绩一般。在这种天性上看来，凡顾虑他人种种愁苦都是自己的天职，就和有机体需要须臾不可离开的空气一般。所以天然预先就给天性预备了一种安静，若无此种安静，则那生活上日常的功绩就是一种办不到的妄想。天然预先把天性中各人的烈性、各人生活上的要求都柔软下去，使它们俯首听命，归附于性格上的主脑观念。此种天性表露到外界的常像过于冷淡、过于拘谨和丧失各种感觉似的。然而这种天性虽然对于罪孽生活之呼唤昏瞆，而其行走本分上的凄惨道路倒是很平安的，和他人行走光明幸福的道路毫无差别。这种天性是寒冷的，和雪峰一样，而其庄严高傲的劲儿也和雪峰无差。至人世污龌的行为都弃置在这种天性践踏下，即诽谤、谗言也都在这种天性洁白衣服上滑落，就好像污泥儿在白鹭翅翼上滚下一般！

今抛特立克的小女朋友就是秉赋上述这种天性的人儿。这种人不是世路和教育所能造就成的，他和才子、圣人一般必须具有某种天性，具有某种命运始可，并且他的性格表现的还是很早。盲童的母亲明白了她儿子得了这个小朋友是莫大的幸福。玛克西姆现在以为自己的学生已经得了从前之所缺乏的。现在也明白他盲学生精神上的发育必安详循序，用那不受窘迫的步骤蒸蒸日进了。……

然而这正是一个苦痛的错处。

二

当这孩子生活头几年，玛克西姆以为这孩子精神上的发育完全在他支配之下，设想将来这种发育所以得成熟的缘故，如果不是直接借他的力量，则无论发育的哪一种新方面和在范围里哪一种新取得，没有不是承他的监督和规诫的。当这孩子的生活由童龄入了幼年正当那过渡的时期，玛克西姆可就晓悟他以前教诲骄傲的思想是丝毫不近情理。差不多每个礼拜都有些新异的发现，并且还是时常为盲童所意想不到的。当玛克西姆竭力追寻这发现于盲童的新主义或新现象之根源的时候，他时常茫然不知所之，仿佛有种暧昧不明的潜力在这孩子心灵深处工作，把精神独立发育之猝然的表现推弄出来。玛克西姆此时也不得不带着忏悔的感觉，在混入他教诲课程里隐秘生活的历程前自省。玛克西姆也逆测这生活现象是有连续不断的勾结，这生活过去不是整整齐齐的，而是分裂为千百的历程，经过各单独生活之必须的途径。

起初这种观察倒吓着了玛克西姆。明摆着这孩子智慧上的建设并不是单独由他一人支配的，而在这种建设上还有一种难明的东西是不受他的辖制，不受他的势力压迫，所以想到这个地方，他对于被教诲者的命运很生恐惧，恐怕发生能为盲人作痛苦渊源之各种疑问。他总想着将不知流向何方之源泉的原由，以便将它们塞死必得为盲童求谋福利。

这种意想不到的光芒也没逃出他的母亲的注意，一日清晨，抛特立克带着特别惊慌的样子跑到她的跟前。

三

"妈妈，妈妈！我看见梦了。"

"我的孩子，你看见什么了？"她嗓里带着凄惨怜惜的声音问。

"我在梦里……看见了你和玛克西姆，还有……。什么我都看见了……那样子好哇，那样子好哇，妈妈！"

"我的孩子你还看见什么了？"

"我不记得了。"

"你记得我的样子吗？"

"不记得，"这孩子迟疑着说，"我都忘了。……我究竟是看见来，真个看见来……"静默一会儿继续着说。他的脸面此时立刻的就暗昧了，在无见的眼睛上已闪耀着泪珠……

此后这种情形又重复了数次，一次比一次悲哀，一次比一次惊扰了。

三

一日，玛克西姆走过院子的时候，听见在寻常教授音乐那个客厅里有极奇异的音乐练习。该种练习是由两种音调组织成的。起首的时候，因为顺琴上压木迅速连绵的击动，就发出一种很清脆高朗的音调来，随后陡然间就变成沉浑的潮涌的声音。因为好事儿，打算晓得这种练习是表示一种什么意思，玛克西姆就一瘸一拐地在院里徘徊，过了一会儿的工夫他就进了客厅。他不由地在进门的地方站住，好似遇见了新颖的画图，在那里看得出神了。

这年已十岁的孩子坐在母亲身旁一个小椅子上边。和他并排还有一双养熟的小扶老鸟，一会儿伸伸脖，一会儿挥动长喙，立在旁边。这是宜倭昔姆奉献于主人的。这孩子每日早晨都在手里喂它，所以这只鸟无论往哪里去都伴随着这新主人、新朋友。现在抛特立克一只手托着这只扶老鸟，一只手顺着脖颈身部摸弄着这只鸟，有种竭力留神的样子现于他的面上。正在这个当儿上，母亲带着发焰激奋的脸神和哀愁的眼睛，用一只手指在那压木飞快地弹弄起来，从这乐器里唤出铿锵不断渺远的音调来，还不住带着急剧不安的样子，在自己的椅上弯腰去回顾儿子的脸庞。当小孩子的手顺着洁白的白翎毛抚摸过去，到了翅翼终端翎毛齐齐整整地断绝，换成黑翎毛的时候，恩那米哈宜洛夫那立刻地把手移换到旁个压木上去，而那轻微沉重的音调就隐隐地在屋里翻腾滚转起来。

这母子两个沉没在音乐里那份宁静的劲儿，假若玛克西姆老是出神奇异，不用话儿来打断他们，他们连他进屋里来都不晓得。

"恩那，这是怎么一回子事情？"

年轻的少妇遇见了胞兄的探问的眼神，可就羞愧了，仿佛被严师撞见在犯罪的地点一般。

"你瞧，怎么回事情？"她慌着神说，"他说扶老鸟羽毛上彩色少许可以辨得出来，就是不能确切明白这个差别是在哪里。……这果然是他初次对我说的，可是我觉着这也是实在情形。"

"没有什么？"

"没有什么，我不过打算给他……把这种区别，用差异的声音……稍微解释解释。……你不要发怒，玛克斯我想这实在是很相似的……"

这种新奇的见解使玛克西姆惊呆了，甚至当说过这话有一分多钟，他都不晓得怎么答复妹妹才好。他令妹妹把自己的实验办法重复说给他一遍，一边看着盲童面上那种紧张的样子，可就把头点了一点。

"恩那，你听我告诉你，如果这种问题自己不能充分地答复，千万不要给他唤起。"

"可是你要晓得这是他自己先说出来的……"恩那米哈宜洛夫那

抢着说。

"这倒没有分别，最要紧的就是让他对于失目这层缺点慢慢自己习惯了。我们所应当作的就是让他忘掉了光明。我向来就抱着这个主意，都是竭力地去做不使外界任何种的呼唤给他引起无益的问题。假若能免除这种呼唤，则这孩子就不至于在感觉里觉出有什么缺点来，就像我们具有五官的，并不愁虑我们身上没有六官哪。"

"我们也是愁虑。"这是年轻妇人驳复的。

"啊?"

"我们愁虑，"她固执着说，"我们常愁虑不可能的。"

话虽如此，可是她已经折服长兄的理论了。然而此次他可是错误，因为专顾虑铲除外界的呼唤，而玛克西姆竟忘却了"天然"早就放入孩童心灵里，有种雄厚的激动力了。

四

有人说眼睛是心灵的明镜，若是以它比作窗户或者还更确切些。凡世界里光明灿烂带颜色的印象，都是经由这种窗户输入心灵里的。谁能说得出来，吾人哪部分心灵是牵连着光线的感触呢?

人就像无尽头的生活锁链上之一只铁环一般，不过这条铁链是赖人而递传，从遥远的已过，牵引到无尽头的将来。譬如这个盲童比作铁索上的一个环儿，因为偶然的际遇（命运）把他的窗户给闭上，所有全部生活都应当在黑暗里走过。然这等情形下，是否心灵用以响应光明印象的那种道路都永世阻绝了? 并未阻绝，就是经由这黑暗生活，那内部对于光亮的感受，也应当流引过去遗传于后代的苗裔。他的心灵完全是人类的那种心灵，也具有各种心灵的机能，因为无论何种的机能，都是带有寻求满足机能的趋向，所以在这孩子的黑暗心灵里，有扑奔光亮不可遏止的趋向。

有由遗传而得尚假寐于不明显"可能"里的力量，早已隐伏于神秘深邃之处，曾未受有惊扰。自从初次对它有明朗光线发现的时候，这种力量就打算升腾起来与它会面。孰意谋会面必经的窗户仍旧紧闭，是这孩子的命运业已造定，永无看见光线的一日，故全部生活势必都在黑暗里行走。

这种黑暗是被各种幻想已经填满了。

假若这孩子的命运是在窘迫困苦境遇中经过的，那么他的思想也许被外界困苦的原因分夺去。然而现在这盲童左右亲近的人，将一切凡能使他愁苦的环境，都为他除掉了，使他处于极安静和平的境域里。所以现在他心中可以统治一切的沉寂，更增助内部要求的显著了。在环绕他的沉寂和昏暗里生出混沌喧噪的认识力以求满足其需要，还表现出一种趋向，以谋求整顿心灵深处假寐而又觅无出路的那种力量。

由此发生出一种迷离的预觉和偏激性，仿佛每人在幼稚时代都经受过，或在那种时代从奇梦中表现出来那种要飞翔的趋向一般。

由此流露出儿童真实思想的胚胎，而这种胚胎映在面上成为疑问难堪的样子。他人生活中那种遗传来未经触动之光明想象的"可能"，已经兴起在孩童的脑袋里，就好像没有形状不清晰黑暗的幻想一般，徒使他感着困苦和茫然的竭力。

"天然"带着不自觉的反抗力以抵制各人的际遇，仿佛是怪他触犯了普通的法则一样。

五

玛克西姆无论怎样地下工夫去驱除所有外界的呼唤，他永远也不能把内部不满足需要的压迫力铲除。满打着，他用自己周顾的力量所收效果，也不先时激起这个需要和增助盲童苦痛就是了。至于这孩子不幸的命运，当然还是按部就班避免不了各种严酷苦痛往前进行。

现在这种命运就和一团黑云一般向前涌动，儿童天赋的那种活泼气质，一年减着一年，而他心灵里好似渐渐消落的潮浪一般。不断弦儿浑浊凄惨作响的情绪在他性质上看来日益增大。当幼时每逢遇着一个光亮新颖的印象他就发生出笑容来，现在这等情形渐渐稀少。凡诙谐方面各种嬉笑的故事于他都格格不相入，然对于那混沌的，悲愁多变的，忧郁缥缈的，是在南部天然里所习听而反映民词歌谣里的各样音声，他都能完全捉取。每次听见"田地里的坟墓在风头里说话"这句曲儿，在他眼睛里就滚下泪珠来。他自己也很喜欢往田地里听这个谈话去。他爱喜独寂的倾向，一天比一天加重。当课业完毕闲暇的时候，他就独自一人出去游玩，家中的人都竭力躲避着不往他面前去，免得惊扰着他的寂静。当他坐在旷郊外坟墓之旁，或临河土丘之上，或在他很熟识的山岩上，他就当心听那树叶飘摇声，花草的细语声，旷野轻风隐隐的叹息声。以上所述种种声音，都和他心灵里的意趣有特别的同调。他对于"天然"非常的明晰，自本至末没有丝毫的疑点。因为在这里"天然"没用什么确定的和什么未曾解决的问题来扰乱他。在这里所刮来的风简直的就入他的心灵里边,而蓬蒿等绿草就好像用轻声对他唱诉怜悯之话一般。假若这孩子的心灵和周围万物同趋合调,和因为受了"天然"温暖的抚爱渐渐软化的时候,则这孩子就觉着仿佛有一种什么东西升腾到胸际,随后沿着周身一会儿潮涌上来一会儿潮落下去。他俯伏在浑润凉爽的草上,咽咽哽哽地恸哭起来。可是在这种泪珠里并没含有悲苦的情意。有时节他拿起木箫来,选着和自己心绪相投的音调,并顺着旷野寂静的"天然"吹起,他就把世上什么都忘了。

凡各种人声偶然飞扬出来,正值这种心绪时候,都仿佛是可憎苦痛刺心。那种乖离的音调,唯独和至近至好的人儿在这种时候可以相容。不过这孩子那样的朋友只有一个,就是波斯朔耳家亮发的女孩子。

这友谊一天比一天坚固。他们彼此相互的劲儿,实为他种友谊上之所未有。假若爱威立那把自己的安静、自己的欢乐送入他们彼此相互的关系里和把周围生活上所发生的新影像述给盲孩子听的时候,则他就把自己的……苦痛转授与她。自从头一次和他相识,这女孩子的纯真心肠,就中了一个流血般的重伤,等你从重伤处把剑拔出,血就从伤痕内流涌。自从在旷野中土丘上和这盲孩子结识以后,这个女孩子就感觉同情上极端伤心的痛苦,而现在这女孩子与他的聚合渐成一个必需品。若是和他分离的时候,伤痕仿佛重新又开破了口,疼痛也又发作,她必定求着找着她的小朋友为的是用那无尽头的牵挂去镇压自己的苦痛。

六

秋季一日温暖的夕晚，两家的人丁浏览着星罗满布的天空，可就坐在了房前一个小空场上。盲孩子照旧地靠着母亲和他小女朋友并排儿坐下。

大家都静默了一会。院落四周极其沉静，唯有树上枝叶一阵一阵轻轻地如禽振翼一般咕咕唧唧说些不明了的东西，随赶着就默息无音。

在这个当儿上有发光的流星，也不晓得在那黑洞洞的天空里哪一方转露出来，成一条光明的金带顺着蓝蔚的天空奔驰过去，还有带着磷性的踪迹留在后边，随后慢慢地在不觉之中就消灭下去。大家都抬起眼来。母亲和抛特立克手拉手儿坐着，她觉出他怎样地打冷战怎样地抖动来。

"这是什么？"他带着惊慌的脸儿对向着母亲说。

"这是流星落下去了，我的孩子。"

"是流星，"他沉思着说，"我也知道是它。"

"你怎么会知道的呢，我的孩子？"母亲带着怀疑悲愁的嗓音接问。

"不然，他说的是实在的情形，"爱威立那说，"他知道的很多，……不错。"

现在这已经充分发达灵警的感觉，可以表示出这个孩子已到幼龄童龄间危险过渡的时期了。然而他的生长是平稳的，并且从外界看来，他对于自己的命运仿佛已经习惯了。就是那永久不变可怪的悲忧，虽没有什么光明的显示，然而也没有什么锐利的破绽，日久天长渐成了他生活上寻常的本色。到了今日这种悲忧也就软化了许多，然而这不过是一种临时的沉静，这种休歇是"天然"故意赋与的，在这环境里嫩弱的机能可以澄清，可以坚固，以预备抵御将来的新风波。当这种沉寂的时候，无形中发生出各种新问题慢慢地渐就成熟了。只要稍微有一种激动，则心中的安静就风起云涌地滚到深底里去，就好像海水忽然受了疾风暴雨的打击一般。

第五章

一

如是的又过了数年。

所有园中清静景况，依然未变。园中的菊树照旧地作响，唯有它的圆叶仿佛发黑些比较着更稠密多了。那带着欢迎意思的墙垣照旧地发白，就是稍微倾斜些和又沉落些那茅草照旧地迷离闪动，就是宜倭昔姆的吹箫声，也是照旧地在那一定的时候从马厩里飞送出来。唯有现在仍当马夫未曾结婚的宜倭昔姆，倒常想听听盲主人所作的音乐，无论是箫是钢琴，倒没有什么区别，他都欢迎。

玛克西姆须发更白了。波抛立斯基家里没有别的孩子，所以这头生的盲子还照旧地是家中中心的人物，所以家庭里的生活全部是落在他的身上。为他一个人的缘故，这家中生活就锁在自己狭窄的范围里边，除了自己故有清静生活而外，别无所求。而这波斯朔耳茅舍里比较有过无不及的清静生活也和他这里的生活联结起来。抛特立克业已过了童年，就好像温室的花儿四周隔围着，仿佛像防范远处生活那种狂暴的压力一般。

他还是照旧地站立在无极黑暗宇宙的中心里。在他身之上，体之左右无处没有无边无界的沉黑。精微灵警的机能，飘飘上升，颇与富有弹力紧张的乐弦相似，无论遇见何种印象，立刻地就发生出战栗的回音来。在盲人心情里可以看得出来这种灵警等待的神气。他觉着这种沉黑真真确确地伸着两只目不能见的手掌扑奔他来，也不知道是触动着他的一种什么东西，而这种东西仿佛在他的心里正沉沉瞌睡，专等着呼唤呢。

这园庭里那凄凉和蔼故有的沉黑，在这旧花园里老是发出来温柔的声音，吹上来迷离慰人催眠的神思。关于盲童所知道的远大的世界，都是由歌词历史和书籍上得来。他听见的都是园里深思的细语。他所被围绕的都是园庭里清间的寂静。而他所以能知道远处生活里有风涛波浪的缘故，都是凭着他人道述的力量。所有以上种种都是从那层烟叠障里显露出来，又似歌曲，又似古谣，又似逸话。

大家都觉着这是很好。母亲看见他儿子之被类似墙垣隔着的心灵瞌睡在一种迷离而安稳的半梦乡里，不欲破坏这种平衡，而又怕破坏。

这不知不觉而生长大了的爱威立那，用自己锐利的眼睛瞧着这神奇的寂静。虽然在她眼里时常可以看出有对于将来生活上的疑问来，而永远也没现出过丝毫难忍耐的影儿。他父亲波抛立斯基将家中财产治理得极有秩序，对于儿子将来的后事如何，他心里丝毫未曾虑及。他习惯的是什么事情都听其自然。唯独玛克西姆忍耐着这种寂静，却是煞费苦心，因其性格使然，即此依赖其认此为临时的忍耐，并为其计划上所预定者，始有这等结果。他认为必须让青年人的心灵先得坚实沉着的工夫，然后机能不怕生活上有剧烈的抵触。

殊不知在这神奇寂静以外，生活是沸腾的，骚乱的，汹涌的。感到最后时机业已成熟，这老教育家决定打破这层寂静的云雾，推开温室的门户，以便使那外界空气的新鲜气流，斗入温室里面。

二

他借着头一次施行的机会，请一位老朋友到他家里来。这位老朋友住的地方离波抛立斯基的园邸有七十来里路（俄里）。玛克西姆原先的时候，不时到他家里走动。因为知道这位老朋友斯塔夫路沉克家里时常有青年们聚会，所以他就写了一封信，请他们大家都来。这老年人因有旧日情分关系，青年们都仰慕玛克西姆昔日的盛名（世上风行著名的佳会没有与他无关系的），所以这个邀请大家非常欢迎。斯塔夫路沉克有两个儿子，一个是基耶夫大学当时所风行的言语科的学生，一个是彼得格勒音乐研究所的学生。此外还有一个士官学校青年的学生，他是一近邻大地主的儿子，也和他们一同来了。

斯塔夫路沉克是个健强老者，带着修长哥萨克式的胡须，穿着哥萨克式宽大的裤。他腰带上挂着盛烟的一个烟囊和一支烟斗，说的是纯粹俄国的土语，和两个儿子并排儿坐着。他们穿着白色外套和俄国式刺绣的衬衣。这个老头儿很有果戈里小说中布里巴同他儿子的那种神气，然而他没有果戈里所说的英雄，那种浪漫主义痕迹，反而倒是一个真正的地主。他一生之久，对于农奴们向来处合得很好，现在这奴隶制度虽然取消，他对于这种新生活也会迁就，他知道人民那种清楚劲儿，和大地主们一样。他知道自己村里每个村人，并且每个村人的牛怎样他也都晓得。差不多连每村人钱包里有几个钱他都晓得。

可是有一宗，他虽然不像布里巴那样地和儿子们打交手仗，而他们彼此之间那种猛烈地喧哗是永远有的，也不拘时间，也不拘地点，或作客或在家都可以有无尽头的争论。每逢老头子嘲笑着侮慢一般的理想家，那一群人就该起火了，这老头子也就着急，于是举起弥天的吵闹，两边都动了真劲并不像玩笑的神气。

这是父子之间著名的龃龉，就是此次在这里也没抑制下去，不过比较着缓和些就是了。青年们从幼时就送到远处学堂里读书，仅在放假的短期间里回到乡间看看，所以他们对于人民没有具体的明了，不像父亲做大地主那等精确。当众人谈及"民族自爱"这个问题的时候（他们在中学堂后几年级里已经讲授过的），他们就研究起本民族来了，然而他们是从书本上说起。第二步又诱使他们直接研究民族性情在创造力上是怎样。穿白外套和刺绣的汗衫在西南部很盛行。至于经济原理的研究并未特别注意。青年们描写些人民的言语思想和关于歌唱的音乐，研究些口碑逸话，比较些历史上的事实和遗留民间脑海里的影响。总而言之，他们是用民族浪漫主义之诗趣的眼光去观察一般乡人。虽然老年人的评判法也不能出乎这个范围，究竟他们和青年人永远也讲到一致。

"唉，你听他，"斯塔夫路沉克当那学生带着涨红的脸和发光的眼睛演说的时候，奸滑滑地用胳膊推着玛克西姆说，"你瞧这狗孩子，说的好像作文章呢。你想想实在也是个聪明头脑的博学家。你告诉我们那涅其培耳怎么瞒哄你来啊？"

这老者捻着胡子，可就笑了，还一边儿带着纯粹霍活乐的诙谐神气，切中着当时情景，说得青年人都臊红了脸，然而可并没有退让。他说，虽然他们不知道涅其培耳和霍卫亟克是哪个村庄里的人，可是他们把全体人民各种的现象都已研究并具精微彻底的眼光。有此等眼光才能有正当的结论和广大的推阐，他们并用这同一的眼光，去归纳远大的将来。至于那些老人和那些拘于习惯顽固的经验家当然是莫名其妙，就如同林外窥林，当然看不着林的全部。

这老年人听着儿子们所说的这明达的谈吐，并不是不觉痛快。

"于此可见，在学校里念了回书并没白费工夫！"他带着很自得的样子瞧着旁听的人们说，"究竟我还对你们说，我那霍卫亟克能把你们牵出来拉进去，就好像绳上拴的牛犊儿一般。你们不要轻瞧……他虽然是奸滑鬼，而我愿意把他放在外套里就放在外套里，愿意藏在口袋里，就藏在口袋里，这么看起来你们在我面前还不是和仔犬在牧犬前一样吗？"

三

是日，有个和上述相类似的辩论刚完，年纪老的都走进屋里，隔着开窗，一阵一阵地听见了斯塔夫路沉克怎样带着高兴的样子，讲述各种滑稽的故事，就是那些旁听人的嬉笑声音也都听得清清楚楚。

年轻的人们仍都留在园里，那位学生把外套铺在身下，按一按羊皮帽子，带着从容的样子就躺在草地上边。他的长兄和爱威立那并排儿坐在房根的土园[1]上边。士官学校的学生所穿的军服扎束的齐齐整整也和他并排儿找个地方坐下。再往旁边错过一些，那盲人垂着脑袋也坐在那里。他不住地回环悬想方才终止而很骚扰他的那个争论。

"爱威立那小姐，你对于方才所说的怎样着想？"小斯塔夫路沉克转过身来问自己比邻的坐者，"你仿佛还没开言呢。"

"你们当父亲所说的这都很好。"

"然而是怎回事情？"

这姑娘没立刻地就回答。她把针线活儿放在自己的膝盖上用两只手展开了它，轻轻地低着头带着沉思的样子就看起这个活计来了。当时很难辨别，她是想应当怎样拿大眼纱布绣花呢，还是预备自己的答话来呢？

这些年轻人们都带着很难忍耐的样子等着她的回答。那位学生也

---

[1] 俄国房根都用土堆围外夹以板，为防冬日的剧冻。

凭着胳臂肘子欠起身转过脸来对着这位女郎，看他的脸面，那好事留心的样子非常充足，她的比邻用着安静好求的眼神凝在她的身上。盲童换了自己从容的架子，挺挺腰儿，背过脸去，离开那些对谈者，随后又把头伸一伸。

"然而，"她轻轻地说，可是她还不住地用手舒展着自己的绣工，"诸君哪，在生活上每个人都有自己的道路。"

"天哪，"忽然间这位学生说，"这是何等的聪明！我那可爱的小姐你实在说是多大年纪？"

"十七岁。"爱威立那随便答的，可是立刻地带着诚挚欢迎好事的样子说道，"你想我还大得多呢，是不是呢？"

青年们笑了。

"如果关于你的年龄问我的意见，"他身旁的邻人说，"我必猜在十三岁和二十三岁之间。诚然有时你像真正的一个小孩子，然而你的议论到像富有经验的长者。"

"哥夫立克抛特洛威赤牙，若是遇见正经的事当然要用正经地评判。"年轻女郎带着老成的腔调说，随赶着又做起针黹活儿。

大家都住口了。爱威立那的花针又从容不迫地在绣工上活动起来，而一般青年们都带着好事样子，瞧着这聪慧女郎秀美纤小的形体。

四

爱威立那现在较和抛特立克初次见面时已经长大了好多，发达了好多，而这学生所评判她的形态，倒是非常的公正。当初次看见这不高而又瘦的形体仿佛她还是个小姑娘，然而以她那从容稳准的举动看来，倒很有妇人们那种庄严的神气。再就她的容貌说，也使人有那种的印象。那种的面貌，大概就是斯拉夫女人们特有的。齐整美丽的容颜带着一种冷静宜人的神情，蔚蓝的眼睛徐缓稳重，在嫩白的颊上微红颜色浮泛出来的时候很属稀少。而这脸上所有的白色，并不是时时刻刻有偏激性待发的，乃是如寒雪般白的。爱威立那的修长光润的头发稍微盖上些如大理石般的两额，编成一条很沉的辫儿垂下。这根发辫当她行走的时候，仿佛向后牵曳她一般。

盲童也长大成人了。当他离开上述那群人单独坐着的时候，带着发白美丽着急的脸面。谁看见他那受精神激刺特别难过的面貌，必打动在那人的眼里。明莹黑发在那早年生出皱纹的额上，一起一伏地甚是美观。在他两颊上徒然露出凄惨的红意，而那柔和的白色也那么般快地飞来。两端稍微下垂的下唇一阵阵很紧张地战栗。两眉很灵警地竖起随即移动不休。而那直挺挺圆大美丽的眼睛配衬得，更使这少年人面上露出一种简直不似寻常的阴晦神情来。

过了一会儿，学生嘲笑着说道："爱威立那小姐，以为所有我们所说的，都是妇人聪明所不容纳的，那妇人的采邑（事务）不过是儿童卧室和厨房两处狭小的范围而已。"

在这年轻人的嗓里露出自满的样子（当时这几个字儿吐得那才嫩娇呢）和动人的讥讽，大家都止住声息有几秒钟的工夫，而这女郎的面上因受了精神冲动就露出红色来了。

"你这断语下得太忙迫了！"她说，"这里方才所说的我都明了，可见妇人的聪明不是不够的。我仅说我自己本身。"

她住了声息带着那等留心的样子伏在绣工上边，甚至使那少年往下继续追问的勇气都不够了。

"奇怪，"他说，"这么样说来可以让人思意，说你把自己把死亡前的一切生活都已布置妥当成竹在胸了。"

"哥夫立克抛特洛威赤牙，这有什么可奇的呢？"这是这姑娘轻轻回答的，"我想连依立雅衣瓦诺威赤（士官学校学生的名字）也必裁定了自己的道路，须知他的年龄较我还小呢。"

"这话不错，"这是士官学生说的，他很满意这句回答，"新近我读某种传记他也照着已经明定的计划实行来：二十岁上结婚，而于二十五岁上就指挥起一部军队了。"

学生的毒狠狠地笑了，这女郎轻轻地涨红了脸。

"哼，不用说。"她过了一分钟的工夫，嗓音里带着冷淡严肃的神气说，"无论什么人都有自己的道路。"

再也没有人驳辩了。在这年轻人们里现出来极端的寂静，人人觉着有难明的恐惧。大家都明白了这个谈话，是犯着各人所避忌的身分了，虽然说的是寻常话头儿，可是幽冥间仿佛有紧张的弦儿响动。

当默无声息的时候，只听见有飒飒声响从渐渐黑暗和对于什么似不满意的老花园里飞来。

五

所有这些谈话、争论和那些质问、希望、等待及意见种种的沸腾波浪，都风起云涌地扑上盲童心头。起初倾耳细听带着一种惊惶的样子，赶后来他不能不注意这个活动的波浪，是沿着他的身旁滚过，所以他晓得和他没关系，人们也不到他这边来做什么问话和征求他的意见。不久，他就感觉出来他是一个孤独的人儿，仿佛居于什么凄凉的所在，愈觉凄凉而现在园庭里的生活愈显喧哗。

他还是照旧地各处倾听。这种情形对他那分新异生疏，连他那紧皱的眉头和发白的脸面，都现出竭力注意的样子。然而这种注意是很晦暗的，那艰难辛苦思想上的工作都消磨在这种晦暗里边。

母亲看着儿子眼睛里带无限的悲愁，就是爱威立那的眼神也表示出同情和难安的样子来。唯有一个玛克西姆仿佛觉着这喧哗的聚会对盲童是没有什么影响，很殷勤地邀请这些客人们以后时常到他家里来集会，并且还为下次聚会起见允许给青年人们搜集些关于人种学的丰富材料。

客人们应许着下次再来，于是散了。当告别时候，青年们很诚恳地和抛特立克握手。当他还手应握时举动极为猛烈，倾听他们的马车之轮怎样在路上作响，伫立了好大工夫，他才急转身来，就走入花园里来。

自从客人们去后，这园庭里更显冷静，而这种冷静对于这盲人仿佛是很特别很奇怪的。在这种冷静里仿佛听见有一种的"承认"，说在这里曾发生过什么特别重要的事件。在那寂静园路之上有椴树和紫丁香摇撼声响互相遥应，盲人觉着这寂息未久的声响，仿佛又重新喧闹起来。他顺着打开的窗牖听见母亲同爱威立那怎样的和玛克西姆在客厅里争辩。他觉出母亲的嗓音里有哀求苦痛的神情。爱威立那的嗓音是愤懑的声调。而玛克西姆仿佛是很急烈很坚决地抵拒妇人们语言上的攻击。当抛特立克走得切近的时候，这种谈论就立刻停止。

玛克西姆故意地用那无情的手掌，把盲人世界围绕到现在的那座墙垣打了个透孔，轰轰翻腾的头个波浪，已从这个透孔穿过。青年心神的均衡因这初次的打击便即瓦解。

现在他在这神秘环境里已经狭窄，他觉着园庭里的冷静旧园里的轻声慢响和青年精神上梦幻单调，都有压迫他的趋势。迷漫的沉黑用自己诮媚的嗓音对他谈起，并且还和伪热闹之愁忙相拥挤，摇摇荡荡成为一种渺茫形状。

这沉黑呼唤他诱引他，又惊醒他心里困睡着的各种问题。这最初几次的呼唤，在面上用灰白色表露出来，而在心里是愚钝及暧昧的苦痛。

妇人们把这种惊慌的符号也看出来了。我们有视官的人，能在他人面上看见精神动作的反射，所以我们可以学会掩藏自己的本来面目。至于盲人们对于这一层实在是可怜的很，所以在抛特立克发白的面上，可以观读一切，就好像读那放在客厅里未合上的秘密日记一般。……

在他脸上明写着带苦楚的惊慌。妇人们看见玛克西姆也觉出来这种种情形，然而这都是他什么计划上所期待的。这两个妇人对于这个都认为近于残忍，母亲很想用两只手把他抱住，保护着他。"温室？如若在温室里住到现在，这孩子都觉着很好，在温室里又有何不可？尽管让他永远那么住着……。又平安又清闲又无纷扰。"看这样子爱威立那心中也有许多的没曾说出口来，然而慢慢地她对于玛克西姆的态度，渐就变化，有时节带着向来所没有的那种严峻的样子，对于玛克西姆很寻常的提议加以辩驳。

这个老头儿用他那好事的眼神，顺着双眉底部瞧她，有时这好事的眼神就遇见青年女郎有怒气的目光。玛克西姆当那个时候把头一晃口中一嘟喃，然后吐出许多特别浓厚的烟环把自己绕在内里，若遇着这种情形，这就是竭力用心思想的一种表示。而他仍坚实固执着自己的主张，有时节谁也不理，对于妇人的痴爱和短浅的知识下些轻蔑的评判，说妇人的知识短于毫发是人所共知的，所以旁人有一分钟久的苦痛，她也禁不起，有一分钟久的喜乐，她也禁不起。他认为不应当为抛特立克谋安逸，乃应当为他谋美满生活的可能。俗语说的好，无论哪一个为师的，都是求着把学生造就的和自己一样。玛克西姆又想起他自己以往所遭遇的和很早自己所丢失的主义，这就是沸腾的恐慌和外界的抵抗。当他处此恐慌和抵抗的时代，他自己也并不晓得，所以他拼命地求着给抛特立克开拓外界感象的活环境，是为盲人有所得可能的，因此才冒骚扰和精神错乱的危险去做。他觉着这两位妇人所希望的和他所希望的不同……。

"母鸡……"有时节他怒气勃勃地在屋里敲着所挂的拐杖，就这样子地喊……然而他发怒的时候很少。他对于他妹妹所下的推论，如果遇有反驳的时候，他多半都是很柔和的和带着很谦恭很怜惜的样子。况且她对长兄独自一人谈话争论的时候，每次都是让步，所以更少惹动玛克西姆生气。即便有时互怒不相交谈，过不了许久的工夫也就好了。如若于此时有爱威立那在座，则情节就该重大。在这等的当儿上，老头儿只好默忍着就是了。你瞧怎的，乃是他和这青年女郎之间结下不解之缘。他们俩都是谨谨慎慎地隐藏着自己的斗牌，专以研究对手方的情形为己任。

六

赶过了两礼拜的工夫，年轻的人们同着父亲又来了的时候，爱威立那迎着他们带着一种冷淡端严的样子。然而她很难于和那迷魂夺魄青年活泼之气相抵抗。一般青年整日里在村庄奔驰和田地里行猎及记录农夫的歌曲，赶到晚上这一群人都坐在院里园中的房根下土围上边。

有一天晚上，爱威立那还未及忘却已过而带搔痒的新题目又提起来了。若论这是怎发生的谁开始的？不独她，就是谁也说不出来。这问题发生出来那种不觉的劲儿，就和晚霞怎样消灭下去，园中晚阴怎样弥漫出来的一样，还和画眉在花丛里怎么啸起晚歌来的，那种不觉的劲儿也是相同。

这位学生说话的神气是很情急地，还带不管天不管地迎合将来生活之青年人那种偏激性。在他信仰不可思议之将来里，有一种特别屈人的力量，这种力量差不多是为习惯所不能折服的。……

于是这年轻女郎动了火性，以为这种结论或者也许是无心中朝着她说的。

她低低地倾在绣工上听着，她的眼睛频冒火星，两颊涨热发红，心脏儿也不住地乱跳……。随后眼里火星消灭下去，两唇紧闭而心脏更跳得厉害了，在那已转成白色的面上露出恐慌的样子。

　　她所以害怕，是因为在她眼前仿佛有座黑墙裂开而在这裂缝中间露出浩大、鼎沸、纷忙世界的渺远将来，在眼前辉光万道发射光明。

　　说起来这个世界早就诱引她。不过她从先不承认就是了。然而在这旧园暗阴里坐在人迹少到的板凳上边，她没少整钟头地出神凝思。这种想象给他描写出来各种光明灿烂的远景，而在这远景里竟没有盲人地位……。

　　现在这个世界已经离她切近。它不但诱引她，并且对于她仿佛还主张一种什么权力似的。

　　她把眼神往抛特立克那边一送，就觉着有种什么东西刺了她的心肠一般。他坐在那里不动移，唯带着深思的样子。他那一副身体好似重的很，所以在她脑海里成了一个阴暗的斑点。"他什么……都明白。"这是在她脑海里闪过如电般快的一个思想，于是这姑娘就觉着有股冷气逼人，热血涌上心头，在面上她自己觉着也忽然间发白了。只一转眼大的工夫，她觉着她已经到了那遥远的世界，他垂着脑袋一个人坐在这里，或者这是错误了。……他是在那临河的土丘上，不是那天晚上她伏在他的身边啼哭来……

　　于是她就恐慌起来，就好像有人要从她许久的伤痕里抽出那口钢刀来一般。

　　她想起玛克西姆呆视的眼神。这才知道他那种静默的眼神是有什么用意！他知道她的心绪，较她自己知道的还详细。他晓得在她心里还有发生争夺及挑选之可能，就是她连自己也信不来。……不然，这是他错了！她晓得自己的头一步，应当怎样。赶到头一步做到以后，她将来再瞧一瞧在这生活里哪一件不是可以取得的……

她很难很郁闷地叹了一口气，就好像重工以后喘息似的，随又四下一顾，她也说不出这静默的工夫是否有了半天，这学生是否早就住了声息，此外还说什么没有她都没曾听见……。她回过头来向一分钟以前抛特立克所坐着的地方望了望……

在那旧地位上已不见他了。

<h1 style="text-align:center">七</h1>

于是她把绣工叠包上，也站立起来了。

"诸君请你们宽恕，"她对着客人们说，"我去一会儿就来。"

她顺着园路走了。

这个晚上所有的骚扰并不是专为爱威立那一个人听的。走到园路拐角上有条凳的地方，这女郎听见鼎沸嘈杂的嗓音。这是玛克西姆和他妹妹说话呢。

"是，于这种情形中，我惦念着她不比我惦念着他薄弱一点。"这是这老头儿厉声说的，"你想一想，她还是一个不懂世路的小孩子呢！我不愿意深信，你打算利用这小孩子的无知。"

当恩那米哈宜洛夫那回答的时候，听着仿佛有含泪的声音一般。

"玛克斯如果……如果……她……。我的孩子到那个时候该怎样？"

"有什么算什么！"老年的军士很坚决很怒气地回复，"到那个时候，我们再瞧。无论如何不应使他产生损坏他人生活的那种困苦的认识……就是对于我们的良心也是……你把这个想一想，恩那。"这又是用软和点的腔调说出来的。

这个老人拉过他妹妹的手很温柔吻了一次。恩那米哈宜洛夫那就低下头去。

"我那苦命的孩子，苦命的……。若是永远遇不见她该有多好呢。"

那么缓慢由母亲口里吐出呻吟之声所夹杂的话，爱威立那没等听完早已猜着了。

她的脸已被红色蒙住。她不觉地就停在园路的拐角上了……。在这个当儿上如果她走出来为他们两个看见，必以为她有偷听他们秘密的心思……

然而过了几个转眼的工夫，她很傲慢地抬起头来。她不愿意偷听，而无论如何这种假羞臊也不能把她止住于半途之上。至于这老头儿对于这层，自己想负的责任又很多。她自己会处置自己的生活。

她从园路拐角里走出，带着泰然的样子高抬着头，一直地顺着两个对谈人的面前走过。玛克西姆不觉不由地急忙忙收回自己拐杖给她让路，而恩那米哈宜洛夫那带着爱情窘迫的样子瞧着她，又是器重她又是恐怕她。

母亲仿佛是觉出了她孩子一生的幸福或祸患，都是为这怒气动人，态度傲慢，方才走过的女郎携带着呢。

八

在花园一边有个破旧无人修理的水磨，圆轮久已不转，石磨上遍

生苍苔。水从旧水闸里浸过来成了数行细流不住，冷冷有音。这是盲
人最喜爱的地方。在这里他整个钟头地坐在堤上听着流水声音。他很
会在钢琴上学这流水的声音，不过现在他没有用工夫想这个……。现
在他飞快地在园路上徘徊，带着充满悲痛的心肠和被内部苦痛所损坏
的脸面。

他一听见这女郎的轻缓脚步就站住了。爱威立那把手放在他的肩
上，可就端然问道：

"抛特立克你告诉我，你是怎的了？因为什么你那样子不高
兴呢？"

他很神迅地转过身去，又顺着园路走了起来。这女郎并排儿同着
他走。

她明白他那锐敏的行动和那默息无言的缘故，可就把脑袋低了下
去。忽听有歌曲的声音从院里飞来：

> 从那峻峭山外，
> 飞出群鹰来，
> 飞出来呱呱鸣，
> 搜寻甘味把饥充……

在远处听着用那温柔的嗓音，唱叙着爱情咧、幸福咧和自由咧等
等的情节绵绵不绝。这种声音抑顿悠扬漂泊于寂静夜里，还有园中怠
倦的飒飒声息参杂于其中。

在那里有幸福的人们，讲究光明美满的生活。她当几分钟以前也

在那里同他们一块儿醉想这种生活。而这种生活里竟没有他的分位。连他什么时候走开的，她都没曾理会。可是谁晓得，她感受同一痛苦的这几分钟在他看来该有多久呢……

当这青年女郎和抛特立克并排儿顺着园路闲走的时候，这种种思想从她脑筋里悠然飞过。向来和他谈话或欲操纵他心绪的时候，还没曾感受过这样困难呢。虽然，她觉着，如果她自己在他身旁，究竟可以把他晦暗的神思缓和了好多。

果然他的脚步渐渐安详，面色也渐渐沉静。他听见并排儿有她的脚步声，于是他心里的奇痛就消落下去有好几分，将这腾开的地方，给于他种感觉了。他对于这个感觉没有明白的了解，然而这种感觉可是和他很熟识，所以他很轻易地就入了它的势力范围。

"你怎么了?"她又问。

"并没有什么特别的。"他带着苦楚的神气说，"我觉着，我简直是世界上的一赘瘤。"

靠着房屋左右所唱的歌儿，歇了一会儿。过了一分钟的工夫，又听有旁个歌儿声飞扬出来，这个歌声刚刚地听得见一点。现在那位学生仿拟着琵琶的那种轻音唱了一个古歌。有时他的嗓音仿佛完全断绝了，于是在迷离思想里不住地跃出各种想象，继而那种轻明缓慢的音节仿佛已经断绝的又从颤动木叶声里飞送出来。

抛特立克不觉地停住脚步倾听。

"你晓得吗?"他很扫兴地说，"有时节我仿佛觉着老年人说，'世界上一年比一年坏'的这句话是很对的。人若是到了年纪失目还比较好些。我若是不会弹钢琴而会弹琵琶，在各城乡村镇里游来游去……在我面前聚集一群人众，我把他们祖宗的事业功绩和荣誉编成歌曲给他们唱着听，该有多好呢。我总算生活里一个有用分子。你瞧，现在就是这士官学生带着那种暴烈的嗓子，你没听见吗？他还说，结婚和指挥军队呢。人家因而都鄙笑他，而我连这个还不能呢。"

这女郎的蓝眼因为惊异圆圆地睁开，并凝着明莹的泪珠。

"这是你把少斯塔夫路沉克的话听多了！"这是她慌忙着说的竭力地作出一种无牵挂似笑话神气来。

"是。"这是抛特立克凝思着说的，随后又继续道，"他的嗓音还很清爽。不晓得他的品貌是否好看？"

"是，他很好！"这是爱威立那沉思着赞定的，忽然间又怒气勃勃地说道，"我并不是看不起他……。他太自负了，他的嗓音又不悦耳又过于尖锐。"

抛特立克带着诧异样子，听了她发火性的话。这女郎顿着足又说道：

"这都是愚妄的话！我晓得，这都是玛克西姆安排下的。唉！现在我怎么那样看不起玛克西姆！"

"威那（爱威立那的亲爱的称呼），你这是怎的了？"盲人惊异着问，"他安排什么？"

"我看不起，看不起玛克西姆！"这女郎又坚决着说，"他因算计自己的利益，把心肠良善的本色都驱除尽了……。当着我面不要提他，不要提……。他们从什么地方所得的权力支配他人的命运呢？"

她突然地止住了脚步握紧着两只弱手，以至手上的指节儿都发出脆响来，随后就像小孩的那种神气哭起来了。

盲人带着奇怪难过的样子握着她的手。这种火性子从他那安详善忍的女朋友那方面发生出来，真是出人意外，真是令人难测！他同时倾听她的哭声和在他自己心里被这哭声所唤起的反响。他想起昔时的景况。他怎样带着懊丧的样子坐在土丘上边，而她那时伏在他身上恸哭的样子，也和现在一样……

她忽然间将手抽回，这个盲人又诧异起来。女郎可就笑了。

"说起来我该有多愚啊！我这是因为什么哭呢？"

她拭了眼睛，随后就用很动情的慈善嗓音说道：

"我们说句公道话吧。他们两个都好。就是他现在所说的也好，不过不是对于一般人的。"

"对于所能的那一般人。"盲人说。

"这都是废话！"虽然她带着笑容，而喉咙里仍听出来有方才未去的泪意。她这个回答清楚的很："玛克西姆当他有战斗能力的时候他也战争咧，而现在他的生活也是很好。唉，就是我们……"

"不要说我们。你，却是又当别论。"

"不然。不是别论。"

"因为什么？"

"因为……唉，这不是因为你要娶我吗，所以我们将来的生活是一个样的。"

抛特立克入了诧异的境域了。

"我？……娶你？……就是嫁给我，以我为丈夫？"

"是呀，是呀。这个自然咧！"她带着慌忙着急的样子回答，"你怎这么愚啊！除非你永远还没有想到吗？须知这是很平常的！如果你不娶我为妻，你能娶谁呢?"

"自然哪!"他带着很可怪的自利主义回答，然而他立刻地就醒悟了。

"威那，"他握着她手说，"在那里他们说过，大城镇里的姑娘们什么都学习，在你的面前不也有很宽大的道路吗?……而我……"

"你怎的?"

"我……是没有眼睛的!"

他又想起幼年来了，如河水的静光，与爱威立那初次的认识和听见说"失目"这个字，她那酸楚的眼泪所有当时种种景况都涌上心头……他由兴奋中流出来一种感觉，仿佛他又给她弄了那样子重的一个伤痕，随赶着这种感觉就止住了，安安静静地有几秒钟的工夫，只听见闸里的流水隐隐地很和蔼地作响。而爱威立那简直地没听见一点儿，好似这水声隐匿起来不使她听见似的。在这女郎的面上有一阵子拘挛起来，可是她自己镇静住了。当她开口说话的时候，她的嗓音响亮得又怠慢又滑稽。

"失目的人又算什么?"她说，"如果姑娘爱喜失目的人，那就应当嫁给失目的。这是常有的事体。咱们有什么法儿。"

"爱喜……"他聚精会神重念着，他的眉头也舒展开了，他细听这个熟字的新声音。"爱喜?"这是他带着渐次急躁样子问的。

"呶，不错!你和我，我们俩彼此相爱。你怎么这样愚笨呢!呶，你自己想想，没有我，你能不能一个人在这里?"

他的脸庞立刻地就发白了，而那无见大而不动的眼睛痴瞪起来。

这个时候安静非常，只有流水溅溅不已，不晓得它说些什么。一阵一阵地仿佛这个说话声音渐渐微弱，眼见着就要消灭下去，然而反又飞扬起来，又无尽期无休息地响个不止。稠密樱桃树的深色密叶，洒洒发音；在房屋左近的歌声虽然已经中止，而池畔的画眉，仍继续着自己的歌唱了……

"我就该死了吧。"他轻轻地说着。

她的嘴唇战栗起来，就好像他们相认识的第一天似的。

她也很费气力地用孩提那种无力的嗓音说道：

"我也……。没有你，一个人……在辽远的世界……"

他把她的手握在自己手里。他很奇怪她那手握大不像从先的样子。她细指少力的活动现在映射在他心中内部。总之，除认她是从前的爱威立那和幼时的朋友以外，现在还觉着她是另个新女郎。他自己觉着自己反倒是强大有力的了，而她倒像哭啼单弱之人。当时，因为浓厚柔情的力量，他用一只手把她拉过来，用那一只手抚摸她似绸般光润的头发。

他觉着满天痛苦都在心头的内部消灭，他也没有什么激烈性和愿望，就是觉着有一个现在。

画眉啸了一会儿，用舌头又弹了几下，在这无声花园里就飞散了。这女郎周身抖擞了一遍，徐徐地把抛特立克的手推下。

他也没有抵抗，可就把她松开，尽着胸中的力量呼吸了一下。他听见了她曾怎样整理头发来。他的心跳动得更加剧烈，然而是很均匀快活的。他觉着热血是带着一种新而精粹的力量散送于四肢及周身。过了一小会儿，当她用素昔平常的嗓音说"咳，现在咱们回到客人们那边去吧"这句话的时候，他带着诧异的样子听了这个可爱的嗓音，就好似这个音声里有什么新腔调似的。

九

客人与主人都聚在小客厅里，就是缺少抛特立克和爱威立那两人。玛克西姆和他的老朋友谈着话，而那般年轻的人们都不言不语地坐在那未关的窗牖近前。在这个小聚会里好似有种特别安静神气统御着一般，而在这种神气里仿佛又有众人所不明了而为众人默认的一种戏剧彩色。缺少爱威立那和抛特立克所以更容易理会。玛克西姆谈话的时候，屡次向屋门开处用他若有所待的眼神瞭望。恩那米哈宜洛夫那本来的脸神是忧闷似有罪失的样子，她竟勉强要做个注意谦和的主人。唯有波抛立斯基先生一个人无思无虑地屈缩得成个团儿，在自己所坐的椅上打盹，等待着晚饭开来。

从花园到客厅里去所经过的那个游廊上有了脚步声响，大家的眼睛都扭向那边。在黑咚咚宽大门户的开处露出爱威立那的身形，她身后顺着阶级慢慢走上来的就是那个盲人。

这年轻女郎，觉出一些的眼神都很注意地投集到她的身上，然而她并不慌张。她用寻常那种稳准的脚步在大家面前走过，唯有当她遇见玛克西姆从眼眉下所射出来的眼神之时，她微微地笑了，仿佛他眼内的光明有呼唤嬉笑的意思一般。这波抛立斯基太太把眼光射注在她儿子的身上。

这个年轻的人以为他是尾随着那个女郎，也没细心认清，她是往那里引他。当他的白色脸面弱细的身形在入门处露出来的时候，他冷然间就在这灯火照耀的屋门限上停住，随赶着他迈过门限带着半颓丧半勉强的样子走向钢琴跟前去了。

这个乐器，虽是这寂静家庭生活上的普通要素，然而也是极亲的一个分子，换一句说，就是家庭分子。当他们园庭里头几天被远来的青年们歌谈声音充满了的时候，抛特立克一次也没到钢琴近前去。弹弄这个钢琴的，不是司塔夫路程克长子，就是那个学习音乐的音乐家。因为他这般的节制，所以在活泼社会里更不显这盲人了。现在母亲带着心中的苦痛，品察着这几天在光辉喧杂社会里茫无所措儿子的黑暗身形。现在抛特立克那么勇敢地走到自己旧日的地方，这还是第一次呢，仿佛是无心的一般。原来他却是忘了大家都在这里。又加以当他们走进来的时候，客厅那种寂静劲儿，都可以使这盲人认为这是一间空屋。

将上盖打开以后，他轻轻把压木一动，就飞出来很迅速很轻飘的几种声音。原来这是表示一种询问的意思。至于询问的是乐器呢，是自己的心绪呢，可是难以说定。

随后他把两只手伸放在压上，可就凝思起来，而客厅里的寂静更为幽远了。

深夜觊觎着窗上黑暗的蟢隙。有几处绿色枝叶被室中飞出的灯光照耀得好似有好事的意思从园外向里瞭望。被钢琴上适才消灭下去浑厚声音所引诱注意的和为盘旋于盲人面上异怪的神气所耸动的客人们，都匿气潜声地坐在那里等待以下的弹奏。

而抛特立克一个劲儿不言语，仰着无视官的眼睛老是像倾听什么似的。在他心里好似有泛滥的波涛和千头万绪的感觉发作出来。那晦暗生活上的波潮把他擒住，就好像海中的涛浪把海滨沙面上许久安然停放的船只擒住一般。他面上有惊异现象和严问的样子出来，还有一种特别的刺激在他脸上成飞快的黑影儿跑了过去。无见的眼睛看着深而又黑。

当头几分钟的时候，可以认为他在心里没找着他带着贪而留神的样子所倾听的那件东西。赶到后来虽然还是带着那种惊异的样子和等待而未能等待着的神气，他战栗了一下，可就打动了压木。于是，他那被感觉上新波涛所捉住的全身都付诸这悠扬响亮如歌唱般和谐的声音了……

十

泛论起来凡盲人作乐利用乐谱都是很困难的，向来都是把歌谱像字母一样刻成阳文，所有各种腔调都用单独符号标明，摆成一行，就像寻常书上的行列一般。为标明由数音配合成的腔调，都是在这音调之间附以种种感叹式的符号。自然是学音乐的盲人，不免把这音谱背诵如流。这种乐谱各手又单独有各手的，所以音乐这件东西繁杂困难的很。然而因为抛特立克对于音乐各单独部分有好之不倦的神气，所以于他很有许多补助。每逢抛特立克将每手上的乐谱中几个连缀音调念念的时候，他就坐在钢琴上演习起来。如果聊起这几个符号，发出的音调那种整炼劲儿是为他自己所意想不到的，他那高兴劲儿就不用说了，不但在眼前显出来若有生气般的兴趣，就是这干燥的营生，仿佛也变了本来的面目，活泼泼而有一种感人的力量。然当他一方面悬想纸上所记载的乐曲，一方面演奏出来的时候，中间有许多空隙的工夫。每将一个符号作入曲调之先，这个符号必须先从两手经过再牢牢印入脑海里边，然后才反转回来以所记得的从指端奏出。虽然如此难巨，而他有极发达的音乐性用在这种音乐功课里，他无论听着那一个人的乐曲，觉着都留有一种印象。抛特立克的音乐情感已经铸有体派。所谓这个体派是哪一种的呢？就是他初次所听见那种曲调的，他母亲所演奏出来的，时时在他心里民族音乐所响亮的和故乡"自然"对他心情所用以表现的。

就是现在，无论他演奏哪种意大利曲调本寓有战栗和饱满心情的，在他演奏里仅就着头几个合音就可以听出来他特有的一种体态，甚至在旁听人的面上都露出来一种惊异的样子。然少过几秒钟以后，则这种媚人的劲儿无论是谁都被它擒捉住失了感觉，仅有斯塔夫路沉克长子（按职业而论他是音乐专家）半晌半晌地倾听盲人的演奏，竭力地追捉旧识的乐曲和分析奏者独有的体态。

弦簧响振和轰鸣的不但充盈了客厅且飞翔到寂静的花园里来了。一般青年人的眼里明朗朗露着活泼的样子和好事的神情。那老一辈的斯塔夫路沉克垂头坐着不言不语只顾倾听，赶到后来越发高兴起来，用肘臂推了玛克西姆一下，可就低声说道：

"你听这个弹琴的，这才叫的起弹琴呢。啊？我说的不对吗？"

按着琴音的飞扬就可以看出来喜争论的老者必是想起当初年轻的时候了，因他眼睛里放出光辉来，脸面上泛出红潮，他的周身也挺直起来，又把手举起仿佛要用拳头去拍桌子的形势。然而可是把这种念头抑制下去，将拳头又轻轻放下。他用极迅速的眼神周顾一番自己的诸儿，随后捻捻胡须又向玛克西姆点点头低声说道：

"打算把一般老年人像旧档案一般扔在深橱里……岂不是胡说！在当年的时候我们也是……就是现在还……。唉，我说的不对吗？"

玛克西姆的性格对于音乐向来是很冷淡的，而这次不晓得怎么他觉着他学生所演奏的有种新神气一般。他一边沉没在他所吐的烟雾里，一边听着摇着头儿和不住地把视线从抛特立克身上往爱威立那身上移转。仿佛有种什么直接生活力量的冲击闯入他的制度里边来了，与他素日所想的大不相同。恩那米哈宜洛夫那也把似问的眼神投掷在女孩子的身上，问着自己道："这是什么？在她孩儿所奏弄的里边响亮出来的是幸福呢？还是苦痛呢？"爱威立那坐在灯影里单单她那两只大而发暗的眼睛在黑暗里特露出来，就她一个人是真正明白这些音声的本来意思。在这里，她听见了旧闸流水的声音和薄暗园路上樱桃荡动的颤响。

十一

音调早就变换了。放下意大利的乐曲，抛特立克就作起自己心中的想象。这里边所包含的什么都有，凡是一秒钟前他低头所默听往昔已得来的各种印象，现在在他脑海里边没有不翻转出来的。他这想象音乐里有自然的嗓音声、流风的沙沙声、林木的细语声、河水的潺潺声和在遥远处所寂灭的隐隐谈话声。并且这种种音声都编成一体，仿佛是由于极深邃而能宽慰心怀这种感觉的渊源里发作出来。而这种心灵里的感觉是由"自然"之神秘谈话激发而生。以至对于这个感觉下个定义确是很难……。说是悒郁？……可是因为什么它又那样地畅快呢？……说是喜幸？……又何以它有那样无穷地悲伤呢？……

这种声音一阵一阵地愈益强大增高坚实起来。而这奏乐者的脸面上露出来一种很奇怪严厉的样子。就是他自己仿佛也很诧异这种新奇偶然音节的力量，又停住一会儿好似等待什么似地……。没成想连连打动了几下，各种声音都拧成极美丽极雄厚又极整炼的一个音流。在这个当儿上，所有旁听的人们沉住气息倾听。这奏作的音调刚刚地要高拔起来，忽然间，又飘落下去，带着一种哀诉不明白的轻语声，简直就像漫散为白沫水花的波涛一般。此种疑惑叮咛苦楚之韵调虽然渐就消灭，而在空中鸣振得终是许久始散。

盲者休息一会儿。在这个时候客厅里十分寂静，仅有花园里花木枝叶一种颤动声飞传进来。当盲人止奏休息的时候，从前操纵旁听人和如同能把他们投掷墙外荒郊遥远处所的那个迷荡的劲儿可就涣散了，而这间小屋仿佛围绕着众人旋转不休，还有一种夜气仿佛也顺着窗牖向屋里张望他们似的。

须臾乐声坚强地又作起来了，那种高劲儿和那种宏大劲儿简直就像在空中寻觅什么似的……。在那种难于辨识的变换里或者是谐和的音声里又有民歌的曲调参杂于其间。这种歌儿一会儿流露出爱情和忧闷，一会儿流露出旧日的困苦或美誉的回想，一会儿又流露出青年人的放荡和希望上的勇敢。这盲者想把自己的一切情感都用已妥成并很熟识的音形吐泄出来。

虽然歌曲业已终结，而客厅里的沉寂中仍含着未决的疑问和叮咛哀诉的声音，飘飘荡荡地不住动摇。

十二

当临终时，所奏的曲儿是含着沉闷愤懑哀苦的神情。恩那米哈宜洛夫那望望自己孩儿的脸面，可就看出她旧已熟识的那种样子。昔时春季，有一天当天气清朗，她孩儿因为饱受春天自然富含激发力强烈印象的刺激，醉卧在河岸之上。这种情形又历历然在她脑海里显露出来。

然而这种样子独她一个人看出。客厅里谈话的声音庞杂鼎沸。老斯塔夫路沉克对玛克西姆也没听得喊说几句什么，而那一方面这一般年轻人慌张张情不可遏地紧握奏乐者的手儿，奉说他将来一定成为著名的一个艺术家。

"是，这实在不错！"那个做哥哥的说，"你已经把这民曲真正的性格兴味融会于胸中了。你和曲儿合为一体，且把它运用得那分美满，简直是达到极点了。可是请你告诉我，你所作的是什么曲儿？"

抛特立克告诉他是意大利的曲子。

"我也是那么猜想来。"这是那位青年回答的，"我听着仿佛是很耳熟的……。你这种独有的体态非常的佳妙……有许多人把这个曲比你作得好，然而若是照着你这样子地去作，可是没一个儿赶得上你的。这个仿佛是……把意大利的音乐用俄国的音乐译出来了。你一定要入一个好学堂，等到那个时候吗……"

这位盲者留心听着。这还是他第一次作为大家热闹谈话的中心呢，所以在他心里生出来认识自己本领能力高傲的神气。岂这次能表露不满足与痛苦的感觉有如彼之深甚至使旁人也有同等的感觉？境遇虽然不好，而他此生究竟有宗能做的事业。他坐椅子上伸着一只摸动压木的手，在这喧哗谈话之下忽然觉出来有他人暖煦煦的手与他接触。这正是爱威立那到他面前，无心地握住他的手指，带着兴奋欢悦的样子低声说道：

"你听见了吗？你将来也有自己做的事业。如果你若能看见，或者你知道你能和我们普通的人们工作……"

盲人战栗了一下，可就拔起腰儿来了。

除了母亲一人以外，谁也没理会这番情节。这女郎面颊发起热来，这仿佛是青年爱情中的第一次接吻一般。

那位盲者老是在那里坐着不动。他和那些涌扑到他身上新幸福的印象相搏斗，然而这也许是感觉出来有一种恐怖，不过不晓得从脑海哪部分的深邃处如凶恶广漠的黑云一般翻涌出来。

第六章

一

　　翌日抛特立克醒来很早。屋内异常寂静，就是家中白日那等行动还没开始呢。顺那夜间未曾关闭的窗户外边流进来晨间那种新鲜的气味。虽然抛特立克失了视官，而对于自然的现象颇能感觉出来。他晓得现在时候还早呢，他的窗子是开着呢，树木枝叶的颤巍声飞送得真真切切，仿佛距离得很近没有什么隔阻掩盖似地。这日抛特立克一切都觉着特别清爽，就是射进屋里的太阳他也觉出来了，并且他还晓得如果把手伸出窗去，则那树木丛中的明莹露水珠必洒洒地下落。此外，如他的周身上下也不觉得被一种什么新触觉是为从前所未曾探悉的充满了。

他倾听着园里一种小鸟隐微的啼啭和他心内已经增长大的奇异感觉，在床上躺了一小会儿。

"对于我发生什么来？"这是他心里转念的，而同时在他脑筋里有几句话儿现露出来了，就是昨天傍晚时在老磨舍那里她说的："除非你永远还没有想到吗？你怎这么愚呀！……"

不错，他永远没曾忆及过这个。与她接近很给他一种愉快，在昨日以前他还没曾认识这种情形呢，如同我们呼吸的空气一般，何曾理会来呢。这几句平常话儿落入他心灵以后，就好像一块石头从高远天空落到镜面般的水皮上一般。当一秒钟前这水皮还是很平稳映照着太阳光线和蓝蔚的苍穹，这一个打击振荡地水底下都摇动起来了。

现在他具有革新的心灵醒转过来，就是他那老早认识的女朋友，在他现在看来仿佛是在另一种世界里一样，一边儿细想着昨天所发生的，一边儿带着奇异的样子倾听自己脑筋玄想中的她。"新"嗓音的口气，"那个时候我就爱中了"……"你该有多愚呀！……"

他神速地跳了起来，穿好衣服顺着园中多露的小道儿跑到旧磨舍近前。流水仍如昨天似的那般作响，樱桃丛颤巍地也是如旧。不过昨天来此是在黄昏的时候，现在是有太阳明朗的清晨就是了。从前他向没曾"感觉"过光线是那样的清明，仿佛这爽快白日里似笑兼又搔痒神经系的光线伴同着馨香的湿润之气和新鲜的景象侵入他的体内。

二

这园庭中更明朗更宜人。恩那米哈宜洛夫那仿佛倒年少了，玛克西姆虽然时常在那烟雾里呼喊和满天滚转的雷霆一般，而开心玩笑的时候倒多些了。他时常说，有许多人认为人的生活仿佛是一段粗俗的小说总是以婚姻结尾的。他还常说世上也有许多那种事件是为世人所贪想的。波抛立斯基先生的身体慢慢丰满肥大起来，成了一位很可乐的圆形之人，带着整齐美丽的苍白头发，红润的脸庞，向来每遇见这种情形都是赞同玛克西姆，大半把他所说的这种话头认为是暗中影射自己而发的呢。虽说他的家务整理的确有条不紊，而他听说这席话以后必立即起身到外边去照料一切。这年轻人嬉嬉笑笑并立定了种种计划。抛特立克眼前的任务就是要刻苦用功完成自己音乐的技能。

时值秋际，谷类收割的事务业已完竣。一日，太阳闪放着金线般的毫光，田地里懒懒慢慢疲倦倦显出来，"乡妇夏日"那种景况[1]波抛立斯基先生合家都往斯塔夫路沉克家中来了。斯塔夫路沉克的领地离波抛立的领地有七十来俄里的路程，然在这个距离之中所经的地点，地势大有变迁：克耳巴特山[2]最终的支脉——倭雷尼和普立布瑞

---

[1] 俄国谓近秋或季夏为"乡妇夏日"，因为在这时期里田地中所残留的事务大概都是妇人们应当做的，如拔麻浸麻等等。

[2] 克耳巴特山系欧洲最著名的山脉，大部分在奥大利国境内，其支脉则蜿蜒各处。继之就是乌克拉因的平原。这屡有涧谷截断的平原里村落很多，花园牧场散处其间，露在天涯里那发黄色割倒的五谷遥望着，仿佛和高耸的坟冢相仿。

——两处所遥见的在这里已经终绝。

那样长途旅行按着习惯说举家出发本不相宜。抛特立克出了素有研究旧近野范围之外简直完全失了自主的能力，越发觉着缺乏视官的困苦，因此好怒不安的样子露了出来。虽然如此，而他对于这个邀请却很表欢迎。自从那天恍然认识了自己的感觉和天才有用的能力以后，他对于那黑而无极的"遥远"外界，用此以束缚他的，他现在对之比较着也勇敢些了。这个"遥远"从此牵引起抛特立克来，在他想象里不住地扩大。

几许天的工夫很神速地就飞驰过去。现在抛特立克在年轻人的社会里自己觉着很自由。他带着贪而留神的样子听着年纪大些的斯塔夫路沉克所作的乐曲和关于音乐学堂及京都音乐会的那种讲述。当年轻的主人每次称赞抛特立克天然禀赋未经指导那种富于音乐感觉的时候，他的面皮必要涨红。现在他也不再匿迹消声向隅独坐，虽然还有点拘制的样子，究竟和普通人所差无几，和大家一样的谈天。就是爱威立那那种冷静拘制伺待的劲儿也跟着消灭了。她用向来所没有之光朗的欢乐，欣愉着大家，那种举止非常畅快自然。

离地主家十来里路有座修道院，这一方之中没有人不晓得的。在此地方史上很占过重要的意味。昔日鞑靼人多如蝗虫屡次攻围它，隔墙所发的弩矢黑云般地飞腾，有时波兰杂色的军队纷纷攀援这四面的围墙，再不然哥萨克就一涌地迎抵敌军以便将波兰军队所占据的要塞夺回……。今则古塔已经崩颓，围墙上有些地方补修上许多木栅栏。这也不过是为保护修道院内菜园不至为乡中牲畜所践踏就是了。再看那绕院宽壕的中间都满长出稷黍来了。

时值晚秋，一日天气晴朗，主客一齐来到这座修道院来了。玛克西姆和妇女们坐了一个宽阔的车辆晃晃悠悠不住在铁弓子上摇簸，仿佛是水上的一只甲板船一般。那一般年轻的人们（抛特立克也在内）都是骑马去的。

盲人骑在马上灵敏从容。他都是凭着他的习惯倾听旁个马蹄和面前车辆的声响以作自己驾马的标准。徒看他自由勇敢的神气很难认他是位失目的人儿，实际上他看不见道路，仅勇于习惯听马性之自然。恩那米哈宜洛夫那因为恐怕他人骑马的践踏和不惯经走的道路不住地前后回顾，而玛克西姆带着师长那种骄慢的神气和男子轻蔑妇人胆小的那种鄙笑从额头低下睨视着她。

"你们晓得吗？"一位学生跑到车前说，"现在我想起一个有趣味的坟冢，它的历史是我们搜看这修道院所积存之档案的时候察觉的。如果你们同意的时节，我们翻过头去到那里看一看。所说的这个地方并不辽远，就在这村边之上。"

"因为什么在我们这种聚会里想出这等悲惨事件来呢？"爱威立那说。

"对于你这个问话我回头再答复！你先转过身迎着克罗得诺村的倭斯塔夫饮马场走去，走到那践踏平的短垣近前再停住。"他对车夫喊叫了一声，拢过马头就跑向同行伙伴的群众里去了。

过了一会儿，车辆经过村中狭窄街道的时候，车轮在那快跑的尘土里一边撵动着，一边儿发出来隐隐的响音。青年人们顺着车旁飞驰过去，争着跑到头里，然后一个一个都把马拴在柴篱之上。内中有两位迎上前来要周旋扶持妇人们，而抛特立克凭倚在鞍轿之上又像寻常那样地垂着脑袋竭力认辨自己在新处所里的地位。

据他看来，这光明灿烂的秋日就像黑冬冬的黂夜一般，所差别的不过是昼间有那种光朗热闹的声音就是了。他听见在道路上马车渐近细碎咯隆的声音和青年们迎见马车的笑语。所有拴在那里的乘马都伸首去啮篱后丰盛高草，所以它们头上钢辔也不住地在他身旁响动……。在遥远所在，不晓得在哪乡或亦许在哪陌垅之上发出来轻音的歌唱，懒慢深思随着微风飘送。园中木叶冷冷作响，静听之下在四周之中某处有涉水鸟啼叫振翼，某处之雄鸡如有所忆及徒然叫起，井泉上的白鹤低低唧唧。凭此种种现象看来，就可以证明那或工或农各事其事的乡村距离定非辽远。

于是大家都停立住在村边一个花园柴垣的旁边。从远处飞来的声音里最洪亮的是那不紧不慢修道院的钟声，它又高又细。是凭着钟声呢，是凭着徐风流荡的情形呢，还是凭着一种也许为抛特立克本人所不明了幻像呢？他觉出来在修道院那乡有一个地方轰然崩坠了。这种声音也许是在河岸上发生出来的，此河彼岸平原远没一望无际，带着一种不明了难追捉幽静生活的声音。这种种声音飞到他的耳际，已经是很薄弱，少力不连续的了，对于"远方"给他一种听官上的触觉，仿佛在这"远方"里有弥漫不明的东西闪烁，就好像"远方"景况在晚烟里对于我们闪烁一般……

流风吹着他帽边下垂的头发顺着耳边奔流，好似音韵修长的风琴声一般。有种隐晦忆想在他脑海里露现出来如远年孩提时代种种现象从忘却的已过里搜索出来又形复活，它那种形状仿佛像空气的鼓荡，万有物的接触和各种音声相类似。他觉着这夹杂远音断曲的徐风，仿佛对他历述关于大地已往情形或它本身已过的事迹和不确定黑茫茫的将来那种陈旧的趣谈呢。

过了一会儿，马车来到近前，大家走了出来，迈过已践踏平的柴垣就进了饮马场。在墙隅处苍郁郁生长着青草蓬蒿中间竖立着一块几被黄土掩埋上的石碑。秋菊绿叶陪衬着火炎炎花朵儿，又有宽大牛蒡和细茎稗草等等植物，从那蔓草丛中特露出来随着轻风徐动。它们从荒塚处所发出来的隐微的声音，抛特立克都清清楚楚听见了。

"我们就是前几天才晓得了这个古迹，"这是为弟弟的斯塔夫路沉克说的，"可是你们晓得否谁在这里躺着呢？从先有位很负令名的武士、宴饮游荡的老者名叫义盖那基夷长雷义……"

"老强梁，你瞧瞧，现在你安静在哪里了？"玛克西姆沉思着说，"他怎么会落到这饮马场里来呢？"

"当一千七百几十年上，因为这个修道院被波兰军占据所以哥萨克和鞑靼联合把这修道院围困起来。你晓得吗？鞑靼人到什么时候都是个极危险的同盟者。那时被困的想是买通了鞑靼王，所以夜深时分鞑靼约同着波兰军一齐地就反攻起哥萨克来。这饮马场左近黑夜时候曾有过最剧烈的厮杀。仿佛是鞑靼被败，修道院又为哥萨克夺回，然哥萨克总司令官于是役战死。"

"虽然我们没曾觅得，然在这庄同一事件里，"那年轻的人沉思着说，"还参杂着一个人呢。按修道院记录上说和卡雷义并排还有一个弹琵琶的盲少年葬在这里，当作战的时候他曾跟随着总司令来……"

"盲人？在战场上？"恩那米哈宜洛夫那惊慌慌说，她一听见这句话的时候，在脑筋里就呈现出她孩儿也在战场上那种黉夜可怕的状况来了。

"是，盲人。看那情形他还是滩外[1]一个有名的歌家……，比如这用波兰、俄国和宗教上种种特别混合文字所记载的记录中道述他的事迹甚详。我大概还可以记诵出来：

　　同他有位著名哥萨克诗歌家名油耳克，无时不伴护着卡雷义，他是卡雷义最喜爱的人。卡雷义被贼军击毙，而油耳克遂于同时遇害，贼的举动实在毫无义气。他的天才十分高大，或是歌唱或是丝弦，无不巧妙绝伦，虽强悍不识恩的豺狼尚可感化，而这鞑靼野种，意于夜中作战时不少怜爱，现在他同武士并葬于此，令名高风永世仰止……

"石碑真正高大，"某一个人说，"或者他们两个都在这里也是有的……"

"是，事实上就是如此吗？可惜上面墓志铭被苍苔蚕食去了，你瞧，在上面的不是锤矛和军旗吗？再往下被苍苔盖的都成一片绿色。"

"不要着忙。"抛特立克听完了这一席话带着纷乱心绪说。

他走到石碑近前把腰弯在上边，他弱细的指端就按进石碑表面上的绿苍苔层里了。隔着苍苔他摩起石面上凹凸的文字。

---

[1] 滩外是昔时哥萨克人所住的地方。

他仰着头儿揪动着眉坐了一会，随后念道：

"……义盖那基绰号叫作卡雷义……天与的命运……被鞑靼的弓箭射夺去了……"

"这个连我们也辨得出来！"那位学生说的，盲人神经系于那饱满弯曲的手指，一会儿低似一会地向下垂落。

"卡雷义被贼兵击死。"

那位学生立刻地插言道："这句话在叙述油耳克如何死亡的记录上就有哇……，说起来不错呀，连他也在这一个石碑底下呢！"

"不错，贼兵！"抛特立克念着，"往下都摸按不出来了……等一等，这里还有呢，'被鞑靼人的刀剑割宰的……'，仿佛还有什么字儿……啊，没有了，往下都蚀没了。"

果然以下叙述弹琵琶者的一段古迹，因为石碑历百四十五年之久都残蚀成坑不可辨识了。

寂静无息的劲儿继续了一会儿，此时仅有树叶箫箫的声响。这种沉寂是后来被由肃敬中生出来的叹息声音打断。倭斯塔夫，是饮马场的主人，以时效权而言又是老司令官住舍的所有者，走到大家近前，很奇异地瞧着那年轻人，怎样带着向上睁瞪不动转的眼睛，用触觉以辨别那历时百年之久风蚀雨削不能认别的字迹。

"这是上帝的神力！"他带着尊敬的样子望着抛特立克说，"上帝的神力可以使盲人能做有眼人所不能做的事体。"

"太太，你说我因为什么想起油耳克弹琵琶的人来了呢？"那位学生当旧马车又顺着多尘道路扑向修道院走来的时候问。"我和我的弟弟很曾奇怪来，怎么一个盲人能够伴随带领如飞般军队的卡雷义呢。就说卡雷义当时已非乡村间的统兵官，而亦不过是个普通的将领。然而世人没有不晓得的，他向来都统率马队哥萨克的自由军来，并不是一群乌合之众。向来弹琵琶的都是贫穷年老的人们，携着囊橐唱着歌儿由此村到彼村的……。唯独今天瞧见您的抛特立克，在我的想象里，不由地这油耳克盲人的身形立刻地就现露眼前，不佩手枪而负琵琶坐在马上……"

"或者他也参与这个战争来。如果出军的时候向来有他，自然在这危险的时候也有他。"年轻人沉思着说，"在我们这乌克拉因地方，你看从前那是何等时代！"

"这该有多么残酷呀！"恩那米哈宜洛夫那叹息着说。

"当时该有多么好呀！"那年轻人答。

"现在连相类似的都没有了。"抛特立克跑到马车前响亮地说。他抬着眉把坐马拢到一边，使它和马车并排儿前进。……他的面色较寻常灰白的很，看出来心里有强烈纷乱的样子。"现在一切都消灭了。"他重复地说。

"应当消灭的都已经消灭了，"玛克西姆很严冷地说，"他们是本着他们的心愿生活来，而你们也应当寻觅自己的。"

"你说得倒容易！"那位学生说，"你把生活中属于你自己的都已拿去了……"

"咴，那生活把属于我的也从我这里拿去了。"老割立巴立基耶赤瞧着自己的拐杖笑着说。

随后稍微停顿一会儿又说道：

"原先对于格斗和风靡一时格斗的节义与独立自由等等，我也曾慨叹过。我也曾到土耳其煞颓克君那里去过。"[1]

"后来怎么了?"这些年轻的人们同声地问。

"赶我看见在土耳其专制政体下服务的'哥萨克自由团体',我就寒心了。这不是旁的,却是历史上的假面具和江湖上的浪荡团。我明白历史已经把它认作褴褛的废物都把它们扔弃下去,我又明白凡是一种组织不是在乎形式,纯在乎所定的宗旨。所以我就跑到意大利去。我连那些人的语言还懂得呢,我就情愿为这种主义的希望而死。"

玛克西姆说这一席话的时候极庄严正色地,还带着一种真实严厉的劲儿。每当斯塔夫路沉克父子间发生什么激烈的争持来,他向来不肯参与,仅在一旁嗤笑,就是以他为同盟者的青年们在他面前提起上诉来,他也不过以一笑答之而已。现在他受了古石上被苍苔掩盖一篇动情言词的感动。他觉着从这已过的事迹里所流出的一段佳话,触动抛特立克的心肠。他的面上现出一种奇异样子,仿佛这段情节对于抛特立克比对于谁个都切近似的。

这青年们此次并没提出异议,也许是因为前几分钟前在倭斯塔夫饮马场里所受的感触与身临其境有类似的效力,因为荒塚上的石碑传述先人的死亡情形有这样的真切,不然也许是屈于老武士真实谈论的感动力……

"那么我们将来是怎样呢?"停想一会儿还是那个为学生的问。

"也是那终生的格斗。"

---

[1] 昔乌克拉因地方有一著名的浪漫家茶宜克夫斯基托来到土耳其打算组织一哥萨克团体,使它有政治独立的精神与实力。

“在什么地方？用那一种的形式？”

“你们自己去寻找吧！”玛克西姆简洁着答复。

玛克西姆既是放下自己向来轻慢嬉笑的腔调，自然是打算郑重地说话。然要作正经的谈话在这个时候已经是没有闲工夫了。马车已到修道院门前，为学生的弯屈下腰去把抛特立克的马羁拉过，而在抛特立克的面上露出很深重的慌乱来。那种的显劲儿就好像掀开的书本一样。

<h1 style="text-align:center">三</h1>

凡到修道院里来的，大半都是为瞻仰这古久的礼拜堂和登升那个钟塔，若是登到塔顶以后那远方的景物都送到眼帘来。每逢晴朗的天气则省城里各处明耀辉煌的白光点和挂在天涯上德摄普耳河曲折都可以清清楚楚地看出，所以登此塔的游人都竭力地观望。

当这一群人把玛克西姆留在一个修房阶前，走到扃固之钟塔下边的时候，太阳已经西斜了。年轻的修士穿着修袍，戴着尖顶发冠，一只手握着合闭门上之锁链站在门的前面。在一旁不远地群立着一些儿童们，好像一群惊怕的雀鸟一般。显见着这个年轻修士和这伙不安静的儿童方才发生了冲突。细心体察他用武的体势和他怎样地握着锁链就可以猜着八九分。一定是这些儿童打算随着游人混进这座钟塔，而这位修士是驱逐他们来。他的脸面带着怒气且发青白之色，那面上的红颊在青白颜色之中都成了两个红点儿了。

这年轻修士不识怎回缘故只奇怪地呆视不动。恩那米哈宜洛夫那

第一个看见他这种脸庞和这种眼睛的神气，于是急忙把爱威立那的手
儿拉住。

"盲人？"这女郎带着惊慌样子说了出来。

"低些声。"母亲回答，"还有……你理会了吗？"

"是……"

修士脸上与抛特立克相同之点不能看不出来，也有神经系紧张那
样的白色，也有那样纯洁不动转的眼神，两道眉毛也是那样慌忙地移
动，每遇一种新声响它就耸起，在两眼上动来动去就好似吃惊介虫头
上卷须一般。不过他的容貌比较着粗俗些，身体比较着也呆笨些，然
而因为这层更显出类似之点了。当这修士抱住内陷的胸脯呼隆隆咳嗽
的时候，恩那米哈宜洛夫那圆睁着两眼瞧看着他，仿佛在她面前的不
是修士而是一个幻像一般。

赶他咳嗽完了，将门开开，立在门限上用哑音问道：

"有没有那些孩子？唔呷，该死的东西！"赶把这些青年们放过，
将身一侧就溜到人们这边来了，他嗓音里听着有恭维有贪求的意思可
就说道：

"请你们布施敲钟人几个钱吧？……小心点儿走，黑暗的很……"

一群人众都拾级上升。恩那米哈宜洛夫那起先因为不惯的圆梯势
很摇摆身形来，现在不晓得哪里来的顺当的劲儿一直地跟随着众人
行走。

盲修士扣了门。光亮没有了，恩那米哈宜洛夫那过几秒钟战兢兢
地在底下立了一会，等着青年们拥挤挤顺着弯梯上去以后，这才看清
投射在厚石磴上空中斜驶的暗弱光流。

"叔叔啊，婶娘啊，放我们进去吧！"这是门外发出来儿童们尖锐的嗓音，"放进去吧，好叔叔啊！"

敲钟人怒气勃勃跑到门前很狂暴地用两只拳掌敲打门上铁环。

"走开，走开，该死的东西们。等着让雷轰你们吧！"他带着哑嗓又因恨愤之气过甚一噎一噎地喊……

"瞎鬼！"好几个尖锐嗓音喊答出来，在门外还听有数十只跣足人的踩踏声……

敲钟人倾耳听了一番，不觉长叹一下。

"死亡临不到你们这些混账东西的头上，单等着虎列剌把你们一个一个地捉去。……嗳哟，上帝，我的主啊！你怎让我这么孤子无援哪？"他说这些话的嗓音一听就可以晓得是个经受许多困苦历尽无限折磨的那种失望的人儿。

"谁在这里？因为什么不走呢？"他在头一个梯登上遇见出神的恩那米哈宜洛夫那的时候问的。

"去吧，去吧。没有什么，"他嗓音软和些说，"等一等，我扶着你一点儿。你给敲钟人施舍些吧？"这又是他仍用恭维的腔调问的。

恩那米哈宜洛夫那从钱囊中掏出一张纸币来，在黑暗里赏给他了。盲修士从伸向着他的手内火速地接了过去。在那暗淡的光亮里，是他们现在所登到的，她看见这盲人把这张纸贴放在颈上，随后就用只手指按摩起来了。在灰白被光线投照的脸上（是很像她儿子的），忽然发出诚挚可怜悯的笑容来了。

"谢谢您的恩惠，真得谢谢这是一块真正卢布。我想您是要耍笑耍笑呢。要耍笑失目的人儿呢。时常有人以这个作耍的……"

这窘苦妇人面上满被泪珠掩上。她急忙将泪珠擦去，随着就往上边去了。上边听着有脚步声响七上八下和喧杂之声滚成一团，仿佛像隔墙流水注泄的一般。

在这拐角的地方一群青年们都一齐立定，他们走的已经很高了，从一只狭窄窗里透过一道清洁散漫的光流，此间空气比较着也新鲜些。在光流底下之平滑墙面上有一片题字，大概都是游人所留的。

青年们在这里找见他们自己熟识人的名姓了。各各都高兴起来。

"你瞧这里还有格言呢！"这是那个学生所看见的，带着一点费力的样儿可就往下念道，"'开始的人多，成功的人少……'大概这是指着登高而言。"这是他嬉嬉笑笑地说的。

"至于这个格言指着什么，是随你的心意去解释。"敲钟人仿佛怠慢慢倾着耳朵向他回答，而他的眉毛很迅速慌张地集合到一块儿。"再向下一点还有合韵的诗在那里呢。你把他念一念吧。"

"诗在哪里？什么诗也没有。"

"你说没有而我对你说有。你们虽然具备视官，也是有许多看不见的。"

他往下退了两登用手在黑暗里搜寻一番（所以黑暗的缘故是因为昼间的光线已射照不到了）可就说道：

"这不是吗？很好的诗就是没有灯光照着，你们念它不出。"

抛特立克步上来到它近前，用手在墙上一过从容地就把已死百年前人所勒刻于墙上的箴言摸出：

须记忆有死的时刻，

> 须记忆喇叭的音声，
>
> 须记忆有与人世的离别，
>
> 须记忆有永世的困苦……

"也是格言。"斯塔夫路沉克打算说个笑话，不晓得怎么就不来了。

"你不喜欢它吧？"敲钟人恶狠狠地说，"这是自然了，因为你还年轻呢，然而也有……可是他得确悉其中意味的。死的时候来，就像夜里的贼盗一般。""好诗！"他用另一种的语气说的。"'须记忆有死的时刻，须记忆喇叭的声音……'这里表明将来总有点什么。"他说收尾这几句的时候又是恶狠狠地。

又过了一会儿，他们大家都走到钟塔梯登的第一个平台上了。这里已经是十分高了，而那第二起塔梯的入门处，局势更狭窄壁直不便。赶到最末个平台上的时候，远处广漠悦人的景致，都历历映入眼帘。太阳已向天涯西坠，下卧修阴上浮黑云，远方景物消失于晚烟之中，仅被夕阳斜光洒洒落落在蓝烟淡阴里间有搜出的泥舍白墙，玻璃窗上宝石色的红光和远塔上十字架之活动的金星。

大家都不言语了。大地蒸发生出清洁自由的高风，迤逦飞翔，摇撼着草木的高顶，又流入钟的体部时时唤出缠绵不断的反响。这种反响呜呜地仿佛是铜铁沉闷之声。在这种声音之外，传到耳鼓里来的，还有一种声音，仿佛就像远处隐弱的音乐，或者铜铁被荡动后沉滚的声音。从下面铺陈的景色飘摇出来无限的安静和不穷的和平。

在这群人里生出这般的安静是另有一种原因。大概因为感觉地势高悬和自己的无援救，这种共同的感触。他们两个盲人都走到风窗的角上，面孔转对着晚间的轻风，用手扶着窗口站在那里。

现在在他们面上，再也看不出可怪类似的样子了。

敲钟人年稍长些，宽阔修衣在他瘦细的身上挂着，现出许多叠纹，面上骨骼粗俗而不浑厚。若把他们俩仔细一瞧就有许多各异的地方，敲钟人是黄色头发，鼻子稍带弯曲形式，嘴唇也较抛特立克的为薄，唇上生着短胡，下腮前部也有卷曲的胡须。至于表情上，两唇精神的表现上和两眉不住牵动的神气，仿佛骨肉父子兄弟那种的类似一般。以上种种这就是因为受同等困苦的缘故，譬如伛偻人的面孔也多类似，也是这个道理。

抛特立克的面孔稍微安静一些，脸上露着愁伤习惯的神气。而这种神气在敲钟人面上的是进而为易怒恶狠的样子。他现在也沉静了。和风徐徐吹荡，仿佛有舒展他脸上皱纹的能力，顺着面部播布出来为有眼人所不能见的那种和平，眉毛移动地一时也弱着一时。

当他们两个听见旁人所听不见的深谷中发来的声音，两人的眉毛同时又移动起来了。

"鸣响呢！"抛特立克说。

"这是十五里外耶郭立雅礼拜堂那里，"这是敲钟僧解释着，"他们那里晚祷礼总比我们这里早半点来钟。你听得见吗？我也听得见！"可是大家全没听见。

"他们那里好，"他一边暝想着说，"尤以佳节时日。你听见过我怎么敲钟吗？"

在这句问话里露出一种高慢的样子。

"你过几时再来一趟好听识听识。神父是巴木斐立义……你不认识巴木斐立义神父吗？他特意给我买了两口配音的小钟儿。"

他说这话时走离开所靠立的墙，任意摆弄两口还未十分如他发黑的小钟。

"声音极好。它们简直给你吟唱，给你吟唱……尤其是当巴斯哈节。"

他把绳儿扯到手里，各手指火迅地一动，这两口小钟就明亮亮铮铮地响起。钟心里的舌锤碰触得那等轻妙稳重真算称绝了。虽说发出来的声音大家都能听得清楚，而它一定也飞溢不出这个钟塔的平台。

而那边就不住地——乌——乌哄，乌——乌哄，乌——乌哄……

现在他的脸上现出孩童时代的一种喜兴，而在这喜兴里还含着一种悲戚痛苦的样子。

"小钟他倒是买了，"他叹息着说，"而新皮袄不肯做。吝啬！在这钟塔上我简直是冻透心了。最坏是秋天……冷……"

他站住了，倾听一会儿就说道：

"那位跛者在底下唤你呢。到时候了，你们去吧。"

"咱们走吧。"这许久工夫不转眼地瞧着敲钟人，好似被什么迷诱住的爱威立那先站起来了。

青年们徐徐顺着出路走向下来，独敲钟人一个人落在后边。抛特立克一步一步跟随着母亲，后来忽然间就止立住了。

"去吧！"他带吩咐的口气说，"我立刻就来。"

众人脚步声音已经去远，爱威立那让过恩那米哈宜洛夫那。恩那米哈宜洛夫那站下紧贴墙面而立并且屏住气息。

这两位盲者以为塔上就剩他们两个呢。有好几秒钟的工夫，他们站在那里，竭力不动，像是倾听什么来。

"谁在这里?"那位敲钟人随后问的。

"我……"

"你也是失目的吗?"

"是失目的。而你早就失目了吗?"抛特立克问。

"我从落生就这样子，"敲钟僧回答，"我们这里还有一位叫罗满的，他从七岁上失了目。你能辨别黑夜与白昼吗?"

"能。"

"这个我也能。我觉着明晃晃的。罗满他就不能，可是他究竟好些。"

"因为什么好些?"抛特立克当即问他。

"因为什么? 你不知道因为什么吗? 亮光他看见过，自己的母亲他也记得。你明白了吗? 当夜间他睡着了的时候，梦中他时常见她到他这里来。虽然现在他母亲已经老了，而在梦见的她还是很年轻。你也做这种梦吗?"

"没有!"抛特立克很不响亮地回答。

"我也说没有呢。凡人中途失目这种情形常见。就怕生而盲的!"

抛特立克立在那里满面晦暗之气好似起了墨云一般。敲钟人的眉毛在两眼上忽然竖立起来，在他眼睛里露出爱威立那所看见的那种盲人痛苦样子。

"上帝呀造物主呀，纯洁的圣母呀，哪管你让我们在梦中看见一次光亮呢，我也就知足，认为幸福了。"

他的面皮掀动，又带出方才那样子说道：

"哪能有那种的希望。就是在梦中有时遇见点什么明晃晃的，你一立起身来就忘却了……"

他忽然立定，倾听起来。脸儿发白，且有一种拘挛的样子将他脸皮掀动。

"把那群孽障东西又放进来了！"他恶狠狠地说。

果然从底下狭窄的过道飞来群脚步和喊叫的声音，好像怒潮的一般。一转眼工夫倏然寂静下去。这一定是儿童们迎奔中平台而去喧哗声音飞到外面去了。谁想话儿未了，这黑过道里又喧嚣起来，好似吹的喇叭一样。这伙孩子们一个赶着一个地顺着爱威立那面前欢天喜地地跑过。在最高的石磴上，他们立了一会儿，随后一个跟着一个围绕着敲钟人徘徊起来，而那敲钟人带着怒气勃勃损坏的脸儿，乱投他那坚实的拳头，竭力地想打落到谁个的身上。

在那过道儿的黑暗里忽然露出了一副新面孔。这位大概是罗满了。他面部宽阔，尽处皆是麻点，然而看着非常温和。合闭的眼皮盖上眼球的陷处，嘴唇上温厚笑容不住地戏耍。他从紧贴塔墙站立的女郎面前走过，也步上平台。他朋友周挥的拳头适中他脖颈侧部。

"哥哥！"他用清爽儿童般的嗓音呼唤，"耶果立宜你又撕打？"

他们挤到一块儿彼此互抚按了一回。

"你因为什么把那群野孩子们放了进来？"他用俄国的话问，而他嗓中还听有恶狠未退的意思。

"随他们去吧！"罗满不慌不忙地说，"他们像空中的飞鸟一般。你干什么骂他们？小孩子，你们在哪里呢？"

那群孩子在各处风窗上靠着铁杆子坐着，连强大的气息都不敢出，他们眼睛明晃晃地闪耀，虽说表现出来的是狡猾样子，而恐惧的神气也看得清清楚楚。

爱威立那静悄悄地在黑暗里往下挪移，赶两个盲人稳准脚步声音发动出来的时候，她已经走过第一个过道儿一半了。围绕落在后面的罗满的儿童们喊叫走笑的声音，从上边飞传到下面来了。

当灯塔上敲头一下钟的时候，大家已经慢慢地出修道院的大门。这是罗满敲晚祷前的例钟呢。

夕阳已落，马车顺着发黑的田地向前飞驶，仿佛有种忧闷敲击声伴送着这辆车子随起随灭地消散于蓝色晚烟之中。

一路上大家都没谈笑。这晚间抛特立克许久未曾露面。他躲避在园中一个墙角上，连爱威立那呼唤的时候都没答应，等到大家都各自就寝，他这才摸着回屋。

四

波抛立斯基等在斯塔夫路沉克家里又住了几天。抛特立克一阵一阵地涌出新近始发生的心情，他很活泼快乐地在各种未曾见过的新乐器上试弄。老斯塔夫路沉克的长子搜集的各种乐器很多，使抛特立克看着也很有意思。每种乐器有每种的特别音声，都可以发扬感觉上特别的意味。虽然如此在他面上终是可以察觉出来一种晦暗的样子，心神寻常的状态露出来的时候仿佛是点点晨星在普通渐渐黑暗的本质上一般。

好似大家预有不言的协商，谁也未曾提起在修道院里的事情，好像这次的游行大家都已忘却。然而这个游行对于盲人可以察觉出来是深印入与他的心里。每逢他独自坐着或无旁人谈话搅扰他周围寂静的时候，抛特立克永远是牢牢地深思，同时在他面上现出一种悲苦的样子。这种样子大家都已见惯了，但现在所表现的比较着锐利些，并且很使人联想起盲敲钟人的状态来。

当他弹弄钢琴的时候，在他的弹弄里时常夹杂着小钟清脆的鸣响和塔上铜铁被荡动之沉滚声音。凡从前谁也未曾提及的，现在，听着这个都清清楚楚在众人的幻想里现露出来。如黑暗的过道儿，敲钟人瘦弱的身形带着痨病式的红颊，他那恶狠的叫喊和那命运上悲哀的抱怨。说起来两个盲人就在塔上的时候，看起是具有同样的形式同样的脸神和同样眉毛灵警的移动。凡从前近人称抛特立克各人所特有的，现在看起来是盲人行使自己威权，支配各种牺牲之黑暗元素的共同关防。

"恩那，你听着，"回到家后玛克西姆问他妹妹，"你晓得在我们这次旅行里发生了什么？我看这孩子有了改变，恰好就是从那天开始的。"

"这都是因为遇见了那个盲人！"恩那米哈宜洛夫那回答。

过了没有几天她打发人拿着两身羊皮袄、银钱和一封致巴木斐立义神父的信送到修道院里去了，请他竭力地和缓这两个盲人的苦命运。她的心肠本来非常慈善，可是起初的时候她一时忘却了罗满，亏

130

得爱威立那提起，说两个盲人同应当一律怜恤。"嗳，是呀，是呀，这个自然。"这是恩那米哈宜洛夫那接着回答的，然而可以看得出来她的意思所惦念的非此非彼是旁的一个呢。在她诚挚怜悯的念头上，又参加一部分迷信的用意。她以为用这种施舍就能感应落到她孩儿头上之暗淡的隐力呢。

"哪一个盲人？"玛克西姆抢着问。

"就是……在钟塔上的……"

玛克西姆怒冲冲摔着他的拐杖。

"若是没有腿的呆子该有多么晦气呀！你忘了我没上钟塔吗？可是呢，在妇人面前本来是讨不出公道的。爱威立那，哪管你聪明些，告诉告诉我，究竟在钟塔上是怎么一回事？"

"在那里，"这几天面色就不好的姑娘低声回答，"有一个盲敲钟人。并且他……"

她停住了。恩那米哈宜洛夫那用两只手掌遮住流泪发热的脸儿。

"并且他很像抛特立克。"

"你们一点儿也没当我说！唉，往下怎样？为的是演成这出悲剧的理由还欠充足，恩那？"他带着谴责的语意问。

"哎唷，这真难过呀！"恩那米哈宜洛夫那低声回答。

"怎么难过？因为他像自己的孩儿吗？"

爱威立那很有用意地瞧着。这个年纪人儿，他就住声不语了。过了几分钟的工夫，恩那米哈宜洛夫那走了出去。就是剩下爱威立那手里拿着向来所拿的针线活计儿坐在那里。

"你说的还不完全吧？"玛克西姆停了一会儿问。

"是当大家都下来到塔底下的时候，抛特立克落在后边。他让婶母阿那（她对于波抛立斯基夫人自幼时就是这么称呼）跟着大家走出，而他自己同着那个盲人剩在那里。我嘛……也站在那里来。"

"偷听来？"老先生差不多无心地说出来的。

"我没能够……走……"爱威立那低声说，"他们互相谈起来了。"

"你是有同种不幸福的朋友吗？"

"是，就着失目这层说。"

"随后耶果立宜问抛特立克在梦中时常看见母亲否？抛特立克回答'看不见'。而那一个也看不见。还有一个盲人名叫罗满，虽然他母亲已经年老了，可是他在梦中见着她总是年轻的……

"那样子！往下怎样呢？"

爱威立那沉思下去，随后把自己的两只蓝色眼睛抬起，射在这老者的身上（在这眼睛里现出搏斗和痛苦的样子）可就说道：

"那个罗满是温厚安详的人儿。他的面孔虽是抑郁的神气，而并不恶狠。他落生的时候本是双眼俱全……然而那一位……他是很感痛苦的。"她忽然就扭过身去。

"请你痛快点，一并都说出来吧，"玛克西姆不耐待了抢着说，"哪一个是恶狠的？"

"是，他打算把一群儿童都打开，还要咒骂他们。而那位罗满是受小孩子们的欢迎和喜爱……"

"那种恶狠劲儿也像抛特立克的……这个我明白。"玛克西姆说。

爱威立那又不言语了，这几句话就好像使她五内发生过极酸楚的战争一般，她说话的声音简直的都微弱了：

"他们两个面貌不相同，各人有各人的骨骼。然而在那种神气里，据我看来抛特立克从先的神气很与盲罗满的相同；而现在时常露出来这样的、那样的……还……我害怕，我想……"

"你怕什么？你来，我那伶俐的小宝贝儿。"玛克西姆带着特别温柔劲儿说。爱威立那因他这种亲爱周身都软起来。当她走到玛克西姆近前的时候眼睛上都涌出泪珠。玛克西姆用自己的大手抚摸着她的丝绸般的头发可就说道：

"你想什么？你说给我听。我看看你很会忖度。"

"我想，他现在以为凡生而盲的都是恶狠性的。他深信自己也一定……"

"啊，还是这么一回子事情呀。"玛克西姆忽然拿起手来说的，"我的小宝贝儿，把我的烟斗递给我……不是在那里吗……窗台上呢。"

过了几分钟的工夫在他的头顶上，就盘旋起蓝色烟雾了。

"哼……不好呀！"他自己吟念着，"我当初错了。恩那那时是很对的。对于从没曾经受过的可以悲伤可以痛苦，而现在认识力和天性联合起来，这两个人都要奔着同一的方向走起。真是倒霉的机会……然而可有一宗，俗语说的好，尖锐在布囊里，你是藏不住的，无论怎样必在一个地方透露出来。"

他真算淹没在蓝色的烟雾里了。这位老者方颅里各种思想和新决定不住地沸腾。

五

冬令已亟落了一场大雪，将道路田野村庐一齐遮盖起来，园庭上下一片白色。树木上好似布满了蓬松的棉花一般。这个花园真个吐放出白树叶了。在一个大房间里有炉火爆裂的清脆声，每个由院外进屋的人都带来轻雪新鲜的气味。

冬令第一天的声韵盲人本有明了之可能。清晨醒来向来都感觉着特别的轻快，还凭着入厨房人们的顿足声，房门的挤轧声，满屋飞跑难以追捉的声流，院外脚步的振轧和各种声音所带的特别"寒冷"，就可以知道这是冬令到临的景况。当他同宜倭昔姆乘马乍来到田地的时候，他带着赏玩的神情，听那冰床清脆的振轧声和一种滚转的敲击声，仿佛行人来往所走过的道路田野用这种声音与河岸彼方的树林相呼应似的。

这银白世界使他感受偌大的悲愁，这天还是第一次呢。一清早他就穿好了高筒的皮靴，沿着儿童们常走的道路印着些松软的足迹来到水磨近前。

花园里寂无声息。凝冻的土地上敷陈着蓬松柔软的雪层完全没有声响，因此空气倒显得特别的灵警，所以远处乌鸦的啼叫声斧头的击振声和那枝叶折落的清脆喀嚓声都朗朗清清飞传过来，还时时听得有种奇异声响慢慢升拔入尖高的音节，随后就消灭在遥远的距离里了。此种声音的铿锵劲儿好像玻璃碎裂一般。这就是人们清晨起来在那村中池塘初次凝结的薄冰上戏投丸石呢。

他们园内的池塘也结了薄冰。水磨旁仿佛分量加重而又发黑的小河依然拼命地在黄草岸下奔流和堤闸处作响。

抛特立克走到堤边就立定脚步倾耳细听。流水之音又另成一种样子了，仿佛沉重没有韵调。在这个声音里仿佛觉着周围各处都有凝冻的意思一般。

抛特立克心内也觉着寒冷黑暗。自从那天晚上觉着幸福从心中深处飞腾起来一种黑暗的感觉，又是恐怖又是不满足还又是疑问。现在这种感觉更加增大，连心里属于幸福快乐部分的场所都被它占据了。

爱威立那没在园庭里。因亚斯库里司基自从秋季就打算往"女慈善家"老伯爵夫人波脱赤克家里去走一趟。她要求这老年纪人必须把女孩子带着。爱威立那起初很反对这种要求，后来因为父亲主张得很坚决，又加上玛克西姆给他很表同情，所以爱威立那无可如何这才允许了。

现在抛特立克立在水磨旁边，回想以前所有的感触，竭力地打算恢复它和完整地恢复它，又问着自己是否曾感觉着它的不在。不错，他感觉出来了它的不在，并且还承认就是有它，并不给他以何种的幸福，反与以一种特别的痛苦，而此种痛苦是为无它时反钝弱的。

前几时，在他耳朵里有她的语言响亮，就是乍相逢第一次所解释的详细情形也宛然曾表现出来。他当时觉着她丝绸般头发在她手下，听见她的心儿在自己胸间乱跳。因此种种在他心里早就作成了使他喜欢的一种形式。而现在不知是一种什么无形迹的东西，仿佛占据他那黑暗想象的一种幻想一般，用能死人般的气息触及到这个形式之上，于是这个形式就涣然飘散了。他从此再也不能够串缀自己的回想使它成一个和调完整的感觉，如昔时他脑海被各种记忆填满了的那种情形。自从有生以来在他这种情感的底层就有他色东西的种子隐伏着，而现在这"他色东西"敷漫在他的头上，就好像闪电般飞驰的黑云在天涯散布起来一样。

她的嗓音已经消灭，那幸福晚上之光明印象所在的地方，现在已经空虚。从盲人心灵的深处，迎着这种空虚，升腾起来一种东西带着沉重竭力的劲儿去打算填满了它。

他打算看看这种空虚！

从先他仅感觉心神迟钝的痛苦，它在心中堆叠得迷离。忙乱得昏溃，好似牙齿的酸痛一般。对于这个酸痛我们还没注意呢。

自从和那敲钟人逅遇以后，对于这种酸痛他就清清楚楚地担受了……

他很喜欢这个空虚，又很愿意看见这个空虚！

如是般在这雪满的园庭里光阴日复一日地推移。

阵阵地当幸福在他面前与发起来的时候又活泼又明朗，则抛特立克也就活泼，面孔也就晴明了。然而这种现象定立得不久，并且有时节虽然是他明朗的时候，仍就带出一种不安的性情来，仿佛盲人怕这种时机飞离远去永不转回。因此所有他的接触都为不平静的了。偏激之柔情和坚强的神情兴奋的时候都变而为被抑制少光明苦恼的岁月。在这黑暗的客厅里每当晚际，钢琴就啼哭出来，发抒过情的和病征的悲哀。琴中每一个音响都唤应起恩那米哈宜洛夫那心中的苦痛。归于，她所恐怕的正从恐怕的道上发生出来，抛特立克童年的惊梦又转来于青年的时期。

一日清晨，恩那米哈宜洛夫那走进她孩儿的卧房。他正在睡着，可是他睡中所做的梦一定是很惊扰的，半睁两眼，从上眼皮底下向外钝视，面皮灰白，现出不安的神情。

母亲立定脚步仔细瞧着看她的儿子，竭力去追察奇异惊慌的原因。随着看时他那惊扰的神情愈益清显，睡人面上紧张用力的样子也愈益强大了。

床榻上忽然现出一种难于追捉的移动。冬阳炫目之光投射在床头墙上，仿佛战栗了一下就轻轻地滑落到下面去了。一点一点地……这条光带慢慢移落在半睁的眼睛上边，这光带愈益接近，这睡人不安的现象也愈益加甚。

恩那米哈宜洛夫那立定不动，仿佛是凶梦中的情景一般，她无论如何都不能将惊怕的眼神从那条火带上抽转回来。这条火带仿佛用轻轻的和能看得出来的那种动荡向她孩儿脸上移动。他脸色更为灰白，紧张的样子仿佛沉没在困苦竭力的神情里了。头发上的光泽黄微微地闪动，垂在青年的额上仿佛点着一盏明灯一般。母亲倾身向前扑奔，顺着性分中的趋向保护着他。唯独她的腿脚不肯听命，仿佛实际上真在凶恶的梦中。正赶此时睡者的眼皮完全抬起，在那不动转的瞳眸里放出毫光，而他的脑袋遂眼见着离起枕头扑向光线去了。嘴唇上跑过了战栗的神色，又似微笑又似啼哭，于是脸面又凝入不动的偏激性里。

最后，母亲把束缚自己四肢那种失动转的能力战胜，走到床榻边前，把手贴放在他孩儿的头上。

他抖瑟了一下可就醒了。

"你是母亲吗?"他问。

"是呀,这是我。"

他抬起身来,仿佛有浓厚的云雾把他的认识力蒙蔽上了,过一会儿才说道:

"我又看见梦了……现在我又时常有梦,然而,一点儿也记不起来……"

六

暗无光亮的愁悲在青年人的心绪里变而为衰弱易怒的神经质,而他触觉上的灵敏力是发达到极点。听官也非常聪明,光明一物他可以用自己的有机体完全感触出来,就是夜间也能察觉。他能分辨月夜和暗夜,当众人都就寝以后,他没少安详忧郁地一个人在院里徘徊,俯身与多思梦想月光奇异行动之下。当这种时分他都是抬起脑袋对向着青天上浮涌的光球,眼睛里也映照着闪闪的寒光。

当此球体随着接近大地的程度,就慢慢被一种红色浓厚的云雾笼罩上,随后就藏匿在白雪天涯的那乡去了。而这盲人的脸面也渐渐平稳和缓,于是他就走进自己房里。

在这悠悠长夜里他都思索些什么是很难知晓。在一定的年龄里,无论是谁只要他尝试过有知生活上的欢乐痛苦,程度深浅虽不一定而经过精神恐慌的阶段是在所不免的。当世人走到事业生活境域的时代,他们必竭力地识别自己在"自然"界里的地位、自己的功用和自己对于外界的关系。这种时期就是人生成败的一个"生死关头",

如果当经过这"生死关头"的时候，虽受尽生活力的颠簸而能保持故态没有破绽，他就算是一个有幸福的人了。抛特立克的这种精神恐慌已经发作起来，对于"因为什么活在世人"的这个问题，他又添上"尤以盲人因为什么活在世上呢"。最后在这不可乐观的意念上又加上一种旁的，仿佛不能满足肉体上需要的压迫一般，也都映照在他性格的叠合里了。

在"耶稣降生节"以前，亚斯库里司基等回来，活泼泼喜洋洋的爱威立那头上顶着雪，周身带着新鲜的冷气，从波斯朔耳的田舍里跑到波抛立斯基家里来，奔着去拥抱恩那米哈宜洛夫那、抛特立克和玛克西姆诸人。这一开始的时候抛特立克的脸上显出意外喜欢的样子，随赶着在他面上又露出固执样子的忧郁。

"你以为我喜爱你吗？"是日，爱威立那独坐的时候抛特立克问。

"我深信你喜爱我！"爱威立那回答。

"唉，我还不晓得呢？"盲人涩着面孔说，"我真是不晓得。从前我也深信我爱你比爱世界上什么都深，可是现在我倒不晓得了。你不用管我咧，谁往生活上呼唤你，你就听从谁去吧，趁现在决定主意还不算晚。"

"你别让我难过了！"她嗓里发出来的哀音。

"使你难过？"他接着问，而他的面上又现出自私固执的样子来了。

"唉，不错，使的是你难过，并且将来还要终身地使你那么样子地难过，不使你难过也不是我本人所能抑止的。从先这种情形我不晓得而现在是晓得了。这并非我的过错。这是那只剥夺我视官之手在我未降生以前就把这恶狠性根栽到我的身上了，凡我们生而盲的人们都是这种样子。躲开我吧，你们都不要和我接近了，因为我只能以痛苦去酬报人们对我的爱情。我愿意用眼观看，你明白吗？愿意用眼观看，怎的也摆脱不开这个希望。如果我能够看见父母和玛克西姆我就满意了……我把这种怀想记住并且将它拿到其余各种黑暗生活里边去……"

他下了十分工夫以求达到这种的意思。当他独自一个人的时候，他把各种东西抓到手里仔细摸按，当把它推开的时候就竭力地思想他所研究的形体。至于其他各种表面上颜色的区别他也是那样地研究，因为他的神经系异常灵敏，所以他用触觉的认识法也可以辨出来它们的区别，虽说不甚真确，大概终于摸得出来。所有这种种情形都钻入他认识力里面去，此不过它们彼此间相互的区别而并没有触觉一定的内容。现在他所以能区别白日和黑夜的缘故，就是因为强烈光明由非认识力所能容受的途径射入脑海里边，使苦痛的激发更受刺激的结果。

七

一日，玛克西姆正走进客厅的时候，他遇见爱威立那和抛特立克在那里呢。这姑娘带着气愤的样子，抛特立克的脸面也是很晦暗的。原来搜寻发生痛苦的新原因，用以苦难自己和苦难他人渐成他的一种需要了。

"他问，"爱威立那对玛克西姆说，"'红色声音'是表示什么？

140

我不会给他解释。"

"怎么?"玛克西姆向抛特立克简短着问。

他把肩一耸说道:

"没有什么特别的。如果各种声音都有颜色,而我看不见它们,这不是连声音我也不能完全享有吗?"

"这都算不了什么!"玛克西姆锐声回答,"连你自己也知道这是不对。你对于声音所享有的比我们尤其完备。"

"究竟这种表示是怎么回事? 须知无论怎样它总是应当有所表示。"

玛克西姆深思起来了。

"这不过是个普通的比较,"他说,"因为无论是声音是光明在实际上都是以行动为归宿,所以在这两者之间必有许多共同的性质。"

"这种性质是应怎样地了解呢?"盲人固执着追问,"'红色声音'究竟是什么样子呢?"

玛克西姆深思了一会儿。

在他脑筋里发生出来一种解释是关于振动力相互的定理,然而他晓得盲人所要问的并不是这个。如果谁若用形容光的性质的语言去用于音学方面,那他一定不懂得物理学,然他既是这样说出来,必是捉住什么相同之点了。可是这相同之点是在哪里呢?

这老者的智慧里生出几种现象来。

"你别忙,"他说,"我可不晓得能否给你解释得好。至于什么是'红色声音'你晓得的不能不如我。各城镇里和当过节的时候,你都听见过它,不过是在我们这一方这种话不通行……"

"是，是，你等一等。"抛特立克急忙掀着钢琴说。

他用自己的神手在压木上一按，学佳节时钟塔上的钟声。在一旁听着仿佛是真的一般。用几个低音作成音乐上的本质，譬如图画的白地，在这本质上高拨起来许多高音又活动又清脆好似奔驰飘荡的样子。总而言之，这就是那高锐鼓舞欢乐轰轰的声音，是当佳节时充溢与空气里的。

"是的，"玛克西姆说，"这个极像了，就是我有眼人也不会像你模仿得这么好。譬如我看什么广大面积的红色的时节，那红色使我的眼睛有种带着弹力忙乱不安的印象，仿佛这种红质起了变化一般。在它原来的地位上变成一种深而发暗的颜色，随后有些地方忽而涌出忽而消灭稍透光明的那种闪耀和波浪。这种东西与眼极有影响，不晓得对于旁人怎样，而对于我各人的眼睛可是如此。"

"这是很对很对的！"爱威立那忙着说，"我也觉着和你说的一样，我不能长时间不眨眼地看红色的呢桌布。"

"所以有些人受不起佳节时的钟声，就是这个道理。我看我这比喻是对当的。现在我又有进一步的比喻，还有蔷薇声和蔷薇色。这两种都和红色相近，不过较红色稍微老一些、平和些和柔软些就是了。譬如金质之钟，用的日深了，它的声音就会平和。在它声音里失去生硬刺耳的劲儿，于是就管这种声音叫做蔷薇的。这种好听的程度就想选择得宜各种合作的声音一般。"

抛特立克手下钢琴又响起邮政钟的摇动声音了。

"不对，"玛克西姆说，"据我看来这是过于红了。"

"不错，我想起来了！"

于是这个乐器就响得平和些了。起初时声音很高很活泼很清利的，到后来渐渐就深沉柔软了。那种响亮劲儿就和俄国三套马车弓木下的串铃的声音一般，仿佛这个马车在夕阳西下的时候顺着多尘的道路遥遥远行呢，很从容平稳地并没有洪大的声流，暂且这最后的声音还没在无声田野的寂静里消灭下去，这种声音老是一会儿比一会儿地往下低沉。

"这就是了，这就是了！"玛克西姆说，"你已经明白这个区别了。当你在孩提的时候，你母亲就试验来用各种的声音和你解释色素。"

"是呀，我还记得呢。……因为什么你禁止我们继续研究呢？不然我也许能够明白。"

"不是这样说法，"他思索着回答，"准是徒劳无益。就其中，我以为在一定精神的限度上，色素的印象和声响的印象仿佛是同种的一般。"

"我们常说，他从玫瑰色的光里瞧看一切，这就是说这人的主观是高兴的。而这种的主观也可以用各种声音一定的配合唤发出来。总而言之，声音和色素是同种精神动作的符号。"

这位老者拿起烟斗吸着烟，又仔细地瞧着抛特立克。盲人坐着不动，看那种情形是竭力地追听玛克西姆所说的话呢。玛克西姆心里想着："还往下继续着说否？"过了一转眼的工夫，他仿佛是不得不屈服与自己思想上之奇异的趋向，可就往下深思着说道：

"是是！奇异的思想又飞入我脑海里来了。我的血液呈红色的，是否偶然的事体？你想，当你脑海里发生出来什么思想，当你遇见什么梦象醒来周身发抖或啼哭和当你因为过情的嗜好周身发烧，这就是因为血液从心脏里排激的有力和往脑部灌注红流的缘故。呶，连血液也是红色的。……"

"红色的……温热的……"年轻人深思着说。

"正是红色的和温热的。所以红色和红声与人心灵里向来留给一种光明、激发和世人称为热烈沸腾的嗜欲。说起来更奇怪咧，连艺术家也称红腔调为'热烈的'。"

伸着腰，用烟圈围绕自己的玛克西姆继续说道：

"如果你将手举起在头上空中画个半圆。现在再假定你手的长度是无极的。如果此时你能挥动你的手，你必在无极的辽远里画成一个半圆。我们瞧我们头上的半球体的天空也是那样地辽远。它是平坦的、无极的和蓝色的。如果我们见天空是这个样子的，则我们心里就觉着安宁清明。如果天空被纷乱的黑云蒙蔽上的时候，则我们精神上的清明被那无定态的急躁骚动。当雷电交加的黑云逼近的时候，你不是觉得出来吗？"

"是，我晓得，仿佛有什么东西扰乱心灵似的。"

"这就对了。那个时节我们就该盼着深邃蔚蓝的颜色再露现出来。当雷电过去的时候蓝蔚的青天还依然如故，因为我们晓得这个道理，所以才安然应处着雷电的情形。天是蓝色的，海当无浪的时候也是蓝的。你母亲的眼睛是蓝的，而爱威立那的也是蓝的。"

"像天的颜色一样……"盲人带着梦中初醒的那种娇爱的神气说。

"是的。蓝色眼睛称为明鉴心灵的表示。现在我再告诉你什么是绿颜色。土地它本是黑色，还有春日树木的枝干也是黑色的，可也有灰色的。当温暖明朗的光线蒸热这种黑色表面的时候，则绿草绿叶就从这各种黑表面里吐露出来，绿色草木所需要的是光明和温暖，可就是不要过量的，所以绿色能悦人眼目。绿色这件东西仿佛是与湿润凉爽所混合的那种温暖，它激发人之幽闲知足与健康的想象，而并不激发人之嗜欲与人之所称为幸福东西的那种想象。你明了了没有？"

"没……有，不甚清楚。还是请你往下说吧。"

"哎，这有什么办法！你再听着。当夏日渐渐炎热的时候，绿色仿佛因为生活力过剩的缘故，枝叶疲垂下去，假如没有凉雨湿润之气以缓和太阳的酷热，则绿色植物就会完全枯萎。所以秋季时节，在疲劳枝叶中间结出满储精华发红的果实。它多受阳光的方面还红的重些。植物自然界的情欲和所有的生活力仿佛都萃集在这果实上了。红色就是情欲的颜色，并且就是表明情欲的符号。这就是糜烂、罪失、暴怒、激愤和报复的颜色。如果民众暴动的时候为的是表示共同的感觉都是用红色的旗帜在众人头上飘摇，如同火焰一般。这些话你也不明白否？"

"不用问了，你往下说吧。"

"晚秋已到，果实业已成熟，它脱离母枝落在地上。这果实慢慢地死去了，而内中的种子可是活着，在这种子里寓有生长将来植物具备华茂枝叶新鲜果实之可能。种子落到地里，在地面上低低悬着寒阳，刮着冷风和不住翻涌着冷云……不但情欲本身，就是情欲生活所寄托的东西也都安静无声无臭地死去。大地在青草之根下益露自己黑质，而那天空里寒冷的音韵更加重大。赶有朝一日在这已经失掉反搏力的、已经冷静的、仿佛丧夫之妇的土地上落下万万点雪花，于是大地就平坦了，成为皎洁的一片白色。白色是寒雪的颜色，是极渺远浮云的颜色，而这浮云是在天空极寒冷的地方所飞涌的，还是庄严无果实山巅的颜色。这就是无情欲而寒冷清高神圣的一种徽章，是将来无果实生活的徽章。至于黑颜色……"

"我晓得，"盲人抢着说的。"这是没有声音，没有动作……黑夜……"

"是，所以这是悲伤和死亡的徽章……"

抛特立克战栗了一下，可就低低说道：

"你说，死亡。可是对于我什么都一样，无论在什么时候什么地方，都是黑的！"

"不对！"玛克西姆厉声回答，"被你所能享受的有声音，有温暖和动作。你之左右没有不爱喜你的。若换一个旁人，他宁可牺牲自己的视官，以去换取你这种所轻蔑的。你简直是个狂者。你对于自己的苦痛所持的态度太自私了。"

"是！"抛特立克很热情地说。"我对于它这种态度是不能自已的，无论在什么地方它都跟着我，我会有什么方法可以逃避它呢？"

"如果你能明白世界上还有比你这苦痛深着好几百倍的苦痛，和你这有保证有辅助的生活去比较，那么你这生活真可以叫作极端的幸福了，而那个时候……"

"这个不对，这个不对！"抛特立克带着热情震动的腔调怒着说，"我情愿和极贫穷的人互换所处的地位，因为他较我是幸福些。还有一宗对于盲人切不要怜念着他；若是怜念着他，是个顶大的错处。对于盲人，只要把他领导光明的路上，以后就把他松放开，任凭他们去乞讨去。如果我是一个普通贫穷人，我一定不像这么不幸福。从清晨一起我就该去思想怎样可以取得饭食来充饥，紧着算计所讨来的钱币，唯恐讨来的微寡。如果讨得顺当凑集的多些，就该欢乐了，就该竭力去谋栖身的所在。否则，这种希望没曾办到，也不过仅仅受饥寒的困苦就是了。这种图谋一时一刻地不放松我，则我因为没有视官的苦痛，也必较现在的为轻。"

"你那么着想?"玛克西姆冷然问，扭过一边瞧着爱威立那。这老者的眼神里看着有怜悯和关切的神情。这姑娘举止庄严面色发白地坐着。

"我很自信!"抛特立克固执呆狠着说，"我现在常羡慕耶果耳在钟塔上那种情形。时常当晨醒的时候（尤其是当旋风绞雪的时候），我就想起耶果耳来。他升塔的样子宛在目前……"

"他冷啊!"玛克西姆在一边儿说。

"不错，他觉得冷，还战栗咳嗽，还咒骂巴木斐立义，因为什么不给他制备皮衣。他还用两只冻僵的手去曳握绳索敲打晨曦的晨钟。因此他可把失目的苦处忘却了。在那里他虽然冷，可不算失目的人。而我忘不了失目，我……"

"你也没有什么可咒骂的!"

"是! 我没有什么可咒骂的! 我的生活里除了盲官以外就没有旁的。固然这也不是谁的过错，然而贫穷人总都比我强……"

"我往下也不和你争辩了!"老者冷然地说，"这也许是你有理。如果你的境遇坏一些，也许你本身觉得好一点儿。"

他把怜悯的眼神往女郎那面送转，随后敲着拐杖可就走出去了。

抛特立克经过这番谈论，精神上更加不安，他更沉没于苦痛的凝思之中。

有时节抛特立克真就把玛克西姆所说的那种感觉找着，不过它是昙花一现随赶着就和浪流般的想象联合起来。黑暗悲愁的大地不晓得向远处何方去了，抛特立克测量着它，就是找不见它的尽头。而在地上似有一种旁的东西……在回想里滚过沉闷的雷声和发生天地如何广漠的想象，稍过几时雷声寂止，而在天空之中仿佛有种东西余剩在那里，它给人的心怀里生出清确伟壮的感觉。有时这种感觉现定出来是和爱威立那及母亲的嗓音联接起来可是他们的眼睛蓝似"青天"。此时这由想象遥远深处所涌出来的形影并且还是已经很确定的，忽然就遁匿起来转入他乡去了。

所有这些黑暗的想象都是难为他和使他不满足的东西。虽然抛特立克很曾去竭力追求，而这种想象对他终是模糊的，统盘说起来他只觉着有不足的感觉和精神上的顿痛而已，凡他营求感觉完全恢复之心灵上各种产生，没有无此种顿痛伴随着。

八

春日已至。

距波抛立斯基的园庭约六十左右里与斯塔夫路沉克的家舍遥对着有个小城镇，内中出了个罗马教显灵的圣像。凡晓得这件稀奇事件的人们没有不真真确确地讲诉这个灵怪劲儿的；凡当神像节徒步来到神

148

像前的人们都可以享受"二十五天的赦免",这就是说所有二十五天以内所做的罪失当死后到了那世可以勾消下去。因此每年早春的时候有一个一定期间,这座小城热闹非常,甚至变得令人不敢认为是它了。这老礼拜堂逢佳节的时候粉饰以初期的青草和初期的春花,满城里都听得见圣钟的嬉笑声和公子王孙的车马声,就是远在各处旷场田野里也都听得真切。向这里来的并非都是天主教的人。这座神像的声名传之遐荒,所以各重大城镇中上等社会之愤懑的和悲伤的人们没有不来的。

佳节这天小礼拜堂两旁赴会的民众顺着街道摆得很大一片,成了一个无边无岸的杂色物体。如果谁若登在城外高岗之上往下一望,一定发生一种思想,说这群人众是个极伟大的动物卧在礼拜堂旁边的道路上了,它的身体毫不动转,仅它那各种颜色的鳞片时时动摇。在民众所占的道路两旁有许多乞丐队伸着手哀怨地求施舍。

玛克西姆拄着拐杖和抛特立克并排儿同着宜倭西姆缓缓地顺着通田野的道路行走。

万众的谈笑声,犹太商的喊叫声,车马的击触声,这喧闹嘈杂的声音飘飘荡荡如惊涛骇浪一般在后边轰响不绝。虽然此处民众稀少了好多,究竟还有行人践踏声、车轮的击动声和民众的谈话声。一大群货车从田地里走来带着沉重的细碎声转入街道里去了。

抛特立克跟随玛克西姆一边走着一边儿无精打采地捕听这种有生气的声音。然天气寒冷,他遂把大氅襟掩合上,而在脑海里那沉闷的思想就盘旋起来了。

忽然之间当自私心聚精会神的时候,不晓得来了一种什么东西把他专心注意的神情冲动，于是他立刻地打了个冷战就站住了。

到这个地方连城郭的房舍都迤逦殆尽，来往行人的入城孔道正在搬离和旷场中间经过。靠着田野的地方不晓得在什么时代有些善人们立了一根石柱，上有神像与挂灯。然而这个灯从来就没曾点过，唯有起风的时候它在上边摇磨着作响就是了。在此石柱底下有一群失目的乞丐聚集在这僻静的地方，为的是躲避有眼人省得和他们竞争。他们每人拿个木碗坐在那里，悲哀的歌儿时时喊叫出来：

"看上帝的分上……施给瞎子们点吧……"

天气是凉爽的，自从清晨就等坐在田野飞来新鲜的凉风里。他们挤作一团也不知道去活动活动以减少冷度。在他们的嗓音里轮流着发出喃喃的歌声，使人听出来无限肉体上痛苦和完全寡助的意思在这里。头几口的声腔还很清楚，赶到后来从内陷的胸膛所挤出来的声音纯粹是哀苦唏嘘的，随后战战兢兢地听着就消灭在空气里。就是那丧失与市井嘈杂声里无力乞怜的轻歌也含着许多无形的痛苦，无论是谁听着没有不吃惊的。

抛特立克立定脚步，他面孔歪斜过去。这种苦痛哀啼声仿佛是一种听官上的幻影在他面前。

"你害怕了吗？"玛克西姆问，"这就是那班有幸福的人们，是你方才所羡慕的。他们又盲又穷，在这里讨施舍呢。他们当然是觉着冷了。莫非你的意思他们比你好的地方就是在这里吗？"

"咱们走吧！"抛特立克扯着他手说。

"你要走！他人受痛苦的时候，你的心里就没有旁的感触吗？你稍等一等，我打算和你好好地谈谈。可巧就在这个地方遇见了。你曾恼恨时代变迁，没有夜战去屠戮盲人像屠戮弹琵琶的油耳克似的，你恼恨没有可咒骂的人像耶果耳似的，而你心里可是咒骂自己最亲近的人，嫌他们把你所有像这种人幸福的时运给你剥夺掉了。我并不敢说你的主张不正当！并且我还承认每人都有支配自己命运的权力。你现在不是已经成年了吗？你仔细听我告诉你，如果你愿意纠正我们的过错和愿意把各种特权是你在摇床时代生活用以转绕你的全都投弃，听任两眼的命运和愿意身受这种不幸的境遇。我玛克西姆，预许于先，必尊敬你帮助你和对你表示同情。抛特立克你听见我所讲的这番话了吗？当我把自己头颅送到烈火里和战场上的时候比你现在的年纪也大不了好多。我母亲因为我啼哭落泪和你母亲将来哭你是一样。我想我从前那种有理劲儿就和你现在这种有理劲儿一样。每人一生之中命运必来一次，并且它还说'你拣选吧，只要你愿意。赫威哆耳坎得巴，你在这里吗？'"他对着盲人们喊。

有一个嗓音脱离了哀哀的歌唱可就答道：

"我在这里。这是玛克西姆米哈宜洛威特，你唤我呢吗？"

"我！过一个礼拜你到我所指定的那个地方去。"

"先生，我一定去。"这个嗓音又合入歌声里去。

"你瞧这个人，他抱怨命运抱怨他人，都很贴情理。你跟他学学怎样地应付自己的命运……而你……"玛克西姆闪耀着眼睛说。

"咱们走吧，老爷。"宜倭西姆怒瞪着眼睛说。

"等一会儿！"玛克西姆怒喊，"在盲人们眼前，还没有不施舍分文白白走过的呢。难道这么一点儿的牺牲都不做你就跑开吗？你就会自己带着饱肚腹嫉妒人家的饿肠子，侮辱人家……"

抛特立克仰起脑袋简直就像鞭篷的一般。他从囊里掏出自己的钱包就奔着盲人那边去了。他用木棍摸触着面前又用一只手找着了盛钱的木碗，就好好地把自己掏出来的钱放在里边。有几个行人都立定脚步带着奇异样子望那穿戴都丽美貌公子怎样摸触着付与盲人自己的施舍物，而盲人又怎样摸触着收受来。

玛克西姆立刻地翻转身去沿着街道就一瘸一点地走了。他的脸面是涨红的，两只眼睛是炯炯的。看这等情形他一定是火烈之性上来了，大凡从小的时候就晓得他的，没有不明白。他这是怎样了？他现在不是肩负有教育他人责任的人，每说出来一个字都是三思才能出口，乃是富有偏激性的人儿，将自己一切的意志都付诸怒情。他只斜着眼神，瞧着抛特立克。过了一会儿这位老者仿佛是平和下去了。抛特立克面色灰白，好似白纸，眉头又紧皱着，看那样子，他心中是很惊扰的。

冷风顺着街道扬着飞尘追随着他们。在后面，那些盲人因为抛特立克施与的钱，可就吵嚷起来。

九

这是否是着凉的结果或精神上多时的恐慌现已解决，抑或者两种原因合而俱有？抛特立克翌日就卧床不起害起神经来。这三种理由究系哪种虽不能确知，而他躺在床上害病确是事实。他脸如火烤般地发热在床上不住地辗转，还一阵一阵地像倾听什么一般，并且还挣着往外奔跑。请来了一位医生，诊完了脉，说是秋风过凉稍微吹着一点。

玛克西姆皱着眉，也不睬他妹妹。

病症是很沉重。当病势最盛的时候，病人在床上躺了数日，动也不动。结果青年人的体质究竟搏了胜利。

一日秋晨晴朗，太阳光线射进窗来，落在病人卧榻之上。恩那米哈宜洛夫那看见以后，可就跑到爱威立那身前说道：

"你把窗帘弄好。我极怕这个光线。"

这姑娘站立起来正打算照她吩咐的去办，忽然病人嗓音发作出来（这是病中第一次）可就拦道：

"不用，不要紧，请你不要动，它原来怎样还让它怎样就是了。"

"你听见了吗？我在这里！"母亲说。

"是！"他回道，随后就不言语了，好像竭力思想什么似的。

"啊，是呀！"他又低声说，忽然就要试着起来，"那位赫斐哆耳已经来了吗？"他问。

爱威立那和恩那米哈宜洛夫那对视一番，而恩那米哈宜洛夫那可就把他嘴掩住了。

"安静些，安静些！不要说话，省你伤神。"

他把母亲的手拉过来紧贴在唇上，于是在母亲手上吻个不止。他眼上含储着泪珠，哭了半晌才算轻快些了。

一连思索数日，每逢玛克西姆经过这间屋子的时候，他的面上就现出惊慌的样子。当妇人们看出这种情形，可就央求玛克西姆不要进前。不想有一天抛特立克自己却把玛克西姆请来，并且除了他们俩以外，不许再有第三人在屋。

刚一进屋，玛克西姆可就拉过来他的手很温和地抚摸着他。

"唊，唊，我的孩子，"他说，"我仿佛是应到在你面前赔罪。"

"我很明白，"抛特立克低声说，"你曾教授我各种功课，我很感谢你。"

"功课算一种什么东西！"玛克西姆带着不能忍耐的样子皱着眉头说，"如果当教习的当的日久，可以将他的性情变为愚钝的。现在我对于什么功课都不作想了，不过我很恼怒你和恼怒自己就是了。"

"这么说，你真想使?"

"想来，想来！当人疯狂的时候，谁晓得他是想什么。我想让你知道他人的痛苦和不再那样地对待自己的亲近之人。"

他们两个都无言了……

"这个歌儿，"过一会儿抛特立克说，"当我在梦中还记得呢。你所唤斐哆耳坎得巴的是谁?"

"斐哆耳坎得巴是我一个老友。"

"他也是生而盲的吗?"

"比生而盲的还不如呢。他那眼睛是在战场上给烧掉的。"

"他也在井上行走唱着这个歌吗?"

"是的，就用这个歌儿他养活一群无父母的侄儿们。对于每个孩子都有嬉笑的话和滑稽的言词。"

"是?"他沉思着问，"无论你怎说，其中必有隐情。不然我也很愿意……"

"我的孩子，你愿意什么?"

过了几分钟的工夫，听着有脚步声响，恩那米哈宜洛夫那可就走进屋来，惊慌慌瞧着他们的脸面，看着他们面上的神气就知道他们所谈的一定不是寻常的，不过因她走来打断了。

青年人的体质因为病魔业已驱除，不久地也就平复。过了两个礼拜就能起床。

他大病之后完全改变了，连面上的神气都与从前不同。在这种神情里看不出从前那种苦痛锐露的样子。从前神经锋利的跃动，现在变而为安静的深思和平稳地愁伤。

玛克西姆他恐怕这是一种临时的现象，认为这是神经紧张力受病魔弱减的原故。一日黄昏的时候，抛特立克走到钢琴近前（这是病后初次）可就像寻常似的随意奏弄起来。音韵发扬得悲伤和缓，就和他的心情一样，弹着弹着忽然这和缓声音里尖拔起来盲人们的歌声，随后音韵就跌落下去。抛特立克急忙地立起身来，脸面歪皱着，两眼里滚下泪珠，显见着他生活上不谐和强烈的印象变而为哀恸身形发扬出来，使他不能容忍与它周旋。

这天晚上抛特立克和玛克西姆两人又谈了好久。此后过了两礼拜的工夫，盲人的心情依然未改。推原其始，乃因他锐利自私向来使他受痛苦的认识力，现在业把受动的观念放在心头，又把生来那种乖谬的毅力抑制下去，是自私认识力的根本已经动摇，并将它从前自己所占的位置，让兴与他种的情感。抛特立克又建树了自己的目的和进行的方策。他的真正生活可算产生了折毁的心灵又放出新胚胎了，就像憔悴的树木受了春时阳气的唏嘘一般。抛特立克决定于是年夏季到基耶夫去。秋凉一至就和钢琴名家学起钢琴。他和玛克西姆主张只他们两个人同去。

十

六月天的晚上，套着双马的敞篷车停在林边的田野里过宿。翌日清晨早霞未散的时候，有两个盲人在路上走过。一个是摇转着原始乐器柄儿，木轴在空匣孔里转动，它磨着紧张的弦儿，有种单纯腔调之悲伤的声音娓娓地发动出来。还有颇似鼻音很爽快的老者嗓音唱着晨间祈祷的歌词。

在路上坐着车过去一群霍活乐载着鲫鱼看见马车旁坐在毛毯上夜宿的先生们，把这两位盲者叫到近前。过了些时，当这些车上坐的人停在井旁饮马的时候，盲人又在眼前过去，而此次已经是三个了。前面走的是一个老者披着白发，配着银色的长须拿着一根长棍试探道路。他的额部满处疮痕，就像火烧的一般。在那生眼的位置上只有两个深坑，肩上搭着一条宽带，那端系在第二个盲人腰上。这第二者是个好身量的青年，一副黄廋的麻脸。他们两个迈的是已经习惯的脚步，仰着无视官的脸庞仿佛寻找自己的道路一般。第三个简直还是个小孩子呢，穿着一套农人式的新衣服，带着一副灰白脸儿，仿佛有些惊慌的样子。他的脚步还没迈得稳准呢，走走的就立定了，仿佛追听后面的什么东西似的。他很妨碍同伴们的行路。

快到十点来钟的时候，他们已经走出很远。后边天涯上的树林成了一条蓝带。周围都是旷野，前面有条横断尘路的马路，上边的电线因被日光曝晒发出来了一种响声听得清清楚楚。盲人们上了马路之后，当听见后面马蹄声音和铁轮与碎石击触的声音，立刻地就转向右边去了。盲人们避立在道旁。于是木轴磨擦乐弦的声音又发动出来，老者嗓中唱道：

"施舍些给盲人吧。"车轮的击触声和青年人手指下所发出来的乐弦声联合起来。

钱声在老坎得巴的脚下响了，因为要看盲人能否把扔给他的钱儿找着，所以车轮的击振声可就止住。老坎得巴立刻地就把它找着，面上且出现得意的样子。

"愿上帝福你！"他向着马车那方说，在马车的坐处露着白发先生的身形，还有两只拐杖也在一边伸露着。

老玛克西姆仔细地打量了一回这位年轻的盲者。他站在那里虽然面色灰白，可是安详了好多。当歌声初发扬出来的时候，他的手很战栗地在那乐器弦上跑过，好像要用这弦声去蒙住那尖锐的歌声似的。马车又走下去了，老玛克西姆向后又望了半晌。

一会儿，马车轮轴振动声在远处消灭。盲人们重又排成行儿顺着马路走起……

"油立，你的手法很轻妙！"那位老者说，"就是你弹奏的也不坏。"

过了几分钟，当中的那位盲者问道：

"你照着你所许的往波查耶夫去，为的是上帝？"

"是的！"那年轻的轻声回答。

"你想你的视官能够恢复吗？"那位盲者带着苦痛的微笑又问。

"常有哇。"老者低低地说。

"我早就找那种的机会，就是遇不见。"麻面盲者涩着脸说，他们又不言不语地走起。太阳渐渐地升高，直如箭矢马路的白线儿。盲人们的黑身影和远处马车的一个黑点儿还看得出来。随后这条道路就分开了。马车奔往基耶夫去，盲人们就顺着村路往波查耶夫走来。

未几日，玛克西姆由基耶夫往家里寄来了一封信，内叙他们两人都很平安，并且一概都布置得很好。

这三个还是往前行走。可是现在他们都走得顺脚了。在前面走的还是那位拿棍子的坎得巴，他很认识道路，当过节有集市的时候他总会赶到大村庄里。民众们围绕上这个小音乐队听他们所作的整练的音乐，在坎得巴帽子里不住地有金属钱币磕碰的声响。

青年人面上的惊慌恐怖的样子已消藏起来，代其位而有一种旁的样子。每向前进行一步，迎着他就发出来一种广漠宇宙难明的声响，现在已将幽静园庭怠懒催眠洒洒的旧声响代替下去。无见的眼睛也放宽大了，胸部也开展了，听官也聪明了。他晓得忠厚坎得巴和好急躁的枯尽麻等的性情。一路上近遇着重载车行了好久，夜宿野火旁边，听些城市嘈杂之声，有眼人和无眼人的苦痛他也晓得了，因此他的心中很难过地屈怨，已非一次了。并且还有一宗非常奇怪，他现在给各种感觉在心灵里都找着相当的位置。他把盲者所唱的歌曲算完全战胜，于是日复一日地在这浩海沸腾声里他个人心灵中对于不可能的热望渐渐寂静下去。他灵警的记忆力捉取各种歌曲韵调，当他在路上行走时候挑动自己乐器上的弦儿，连那好急躁枯麻的面上都现出平稳镇静的样子。他们走得离波查耶夫越近，这盲者的人数越增加。

当晚秋的时候，顺着雪路忽然抛特立克带着两个褴褛不堪的盲人回来，一家之中没有不奇怪的，轰然一词地都说："他上波查耶夫去

158

践约，在圣母面前求得视官复明。"

　　然他眼睛仍是那样子的清明无见。而他的心灵可总算医疗好了，就好像那种噩梦般的现象从园庭里隐匿起来。连续有基耶夫通信的玛克西姆最终也回来了。恩那米哈宜洛夫那一见他，可就说道："我到什么时候也不饶恕你。"可是面上现出来的神气与她严厉的言辞是非常相反。

　　整晚上地抛特立克述说他自己这次圣地的旅行。当黄昏以后他就在钢琴上弹弄从前谁也没曾听见过的新曲调。预定上基耶夫的行期展缓了一年，全家所过度的都是抛特立克将来的希望和计划……

第七章

一

在这秋季里，爱威立那把自己坚决的打算对她父母亚斯库里司基声明，一定要嫁与比邻园庭里的盲人为妻。她父母闻听便哭，后来她父亲在圣像面前祈祷了一回可就说道，据他看来这也是上帝的意志，无可违逆。

于是就完了婚事。抛特立克从此享起幽逸的幸福。虽然如此，而他这种幸福里终是露有一种惊慌的样子。当他欢喜的时候，在这种笑容里可以看出他的忧虑的狐疑，仿佛他对于这种幸福不承认为是合法的和永远的一般。当旁人告诉他，他也许快当父亲了，他就表示出一种恐怖的样子。

他现在的这种生活惊慌慌地不是惦念妻子，就是惦念将来的孩儿，再也无暇使他以全副精神虚用于无益的竭力之上。阵阵地在这种顾虑牵挂里，有盲人们哀苦啜泣的情况从他心中转念出来。每当这种时候，他就往嚇威哆耳坎得巴和他麻脸侄儿在村边盖有新木舍的那个村庄里去。嚇威哆耳坎得巴多半都是弹奏自己的琵琶，有时他们两个就谈起天来。于是抛特立克的思想就有安静的方向，而他的计划更为坚牢了。

现在他对于外界光线的刺激觉着不跟从前那样灵敏，从前那种内部的工作都消落下去，肢体上惊慌的力量业经酣睡起来。他不以心意上有意识的趋向去惊唤它们，反而把各种不同的感觉融合成一个完整的。在各种无益之竭力的地位上生出历历在目的那种想象和希望。这也许是精神上的寂静刚刚把无意识肢体上的工作辅助起来，而混沌破散的感觉就乘机将彼此相通行的道路敷设于他的脑海里去。所以平日虽有意志作用参加而不能创造的那种思想与方法在梦中往往随便地发明出来。

二

当年降生抛特立克的那间屋里向来极其寂静。在这种寂寞中又有婴儿呱呱啼哭声响亮出来。自从他落生以后，爱威立那不久地就平复了。抛特立克好似感觉着什么不幸的事体发生，仿佛他有被这种不幸压制住了一般。

来了医生，抱起婴儿就拿到一边，紧放在切近窗户的地方，急忙拉开窗巾把明朗光线放进屋来，拿着自己的试验器就倾伏在婴儿的面上。抛特立克还是照旧地垂着头儿坐在那里，像被重物压住的和漫不关心的人儿一样，仿佛早就知道这个结果，至于医生的行动已认为是无足轻重的。

"他一定是个盲的！"他坚决着问，"他何必脱生呢？"

那青年的医生也没回答，还是继续着察验。末后他放下验目镜，可就发出轻微安静的嗓音：

"瞳仁往小里缩集。这孩子能看见东西，万无疑问。"

抛特立克抖搂一下急忙地站立起来。这种举动他表示已经听见医生所说的话了，看他面上的样子还仿佛不明白这几句话的意思似的。他两只手挂着窗台，带着灰白仰望的脸儿和不动的容貌好似在那里呆住了。

在此时之前他所处的是兴奋奇异的状态。他仿佛连自己本身都不觉得，并且他全身的纤维质都等候得乱跳。

围绕他四周的黑暗他也承认了。他把它推开，觉着它遥寓于身外在那无边的广大里。当这种黑暗向他身边扑涌上来的时候，他用悬想就把它捉住，好似和它角逐比赛一般。他面迎黑暗挺立起来，欲保护自己的孩儿不让这广漠重叠荡动的黑海浸犯着他。

当医生不言不语自己筹备的时候，他所处的就是这种状态。从先虽有恐怕的意思，然心中仍有希望的幻像，不意现在使人疲顿那种恐怖紧张得达于极点，甚至把兴奋的神经都剥夺去了，所以这个希望也不晓得藏于心中哪一部分里再也看不见了。听见"这孩子能看见东西"这几个字忽然把他心情恢复，心中的恐怖霎时间飞去无踪，而从前的希望反灵警警地照耀着盲人精神上的组织一变而为确然可信的了。这总算意想不到的变化和闪电般的光亮闯入沉黑心灵里。医生口里的这几个字好像把金煌煌一条光明入脑的道路点着，好像在他心里有灿烂的星光把他有机体内极深奥的地方照射着了。他身中各部无不颤动，所以他就战栗起来，好像乐器紧张的弦儿冷然受了振动似的。

随赶着这个闪电在他失明的目前，忽然露出奇异的幻像，仿佛火光一般。这是光亮呢？是音声呢？他自己也不能答复。这确是音声，现在复活了，有了形体，并且辉光万道不住动摇。它照耀得好似苍穹的覆盖，滚转得好似天上的太阳，它纷忙得好似原野里的杂声，它荡泊得好似凝思槲树之枝。

这仅是最初一转眼地工夫，也就是这个转眼工夫里混合的触觉印入与他的脑筋里了，过去着眼大的工夫他又完全忘失。但他竭力地表白，在这一转眼的工夫里的确是曾看见人物的。

他实际上看见什么，怎样地看见，真正看见了没有——简直尚属疑问。许多人对他讲，这是一种不可能的事体，不过言者谆谆，听者渺渺，他终是不改自己的主张，他说如天地、母亲、妻子和玛克西姆等都曾看见了。

他带着清爽高仰的脸儿立了一会儿。他的样子那份奇异劲儿，简直令人不觉不由地都迎向着他来了。四周静无声息，大家都觉着屋中站立的那个人不是大家所熟悉的，乃是另一个不相认识的。至于那个熟悉的旧人忽然被弥散出的神秘包围上就藏匿起来了。

他单独在这种神秘里立了几转瞬的工夫，结果仅落得一种满意的感觉和很奇怪的那种目有所见的确信。

事实上是否可能？

当盲人战兢兢竭力迎合太阳光线的时候，对于光明不清楚的感觉，是由一种不明的途径穿入混黑脑海里的，现在乘着精神猝然迷离，能否显入脑海里去，像显入在照相所用之云雾般的玻璃板里一样？

在他眼前现出蓝微微的苍天、明朗朗的太阳和当他孩童时应受各种困苦不时号泣所在的土丘并该土丘边澄清的河水。再如水磨星夜（当时他备受折磨来）和寂静凄惨的明月……又再如尘途中轮上有发光铁辆的重载车和自己曾在其间歌盲人之曲的杂色人群……

也许在他脑海里所以有某种山陵生出、某种平原远伏、某种河岸上丰林飘动和太阳朗洁光线统照着它们（这太阳是他无数世祖所曾仰望过的）都是臆想上的幻像？

或者这以上种种，在黑暗脑筋内部（这内部两字是玛克西姆所常说的，又是光明和声音在这里所以表示喜怒悲欢的）都是被无形感觉所产生出来的？

最后他想起当那一转眼的工夫里在他心中作响整炼的合音来。这种合音是由他生活上各种印象"自然"的感觉和活泼的爱情所熔铸而成的。

谁晓得？

他仅记得这种神秘曾怎样地附落到他的身上和怎样地把他抛开。当那最末一转眼的工夫里，各种音形拧组起来参合一体，时响、时动、时战栗、时寂息地仿佛是紧张的琴弦一般。最初的时候又高耸又宏大，随后就慢慢低落下去仅至可以听见而已，好似一种东西顺着无量大的中心轴滚入无光明的阴暗里面去了，……

这不是哪种东西刚滚转完没了声息吗？

只觉着黑暗与寂息。有些混沌幻像淘淘涌涌地要从深远的黑暗里重生出来，然而它们无论是形式是腔调是颜色，都完全没有了。仅仅在某种遥远卑低的处所有反复练习音阶的声响，它用各种不同的音流把黑暗穿开随后也散入四方去了。

在这个当儿上外界寻常声音忽然传到他耳鼓里来。他好似从梦中惊醒，扯着母亲和玛克西姆的手笑逐颜开地站在那里。

"你怎的了？"母亲嗓音惊慌慌地问。

"没有什么。仿佛是我把你们都看见了。须知我并不是睡觉？"

"现在怎样？"她惊慌慌地问，"你现在还记得不，能否永远不忘？"

盲人长叹一下。

"不能！"他竭力地回答，"可是这个算不了什么，因为我把这些所有所能的都给与他……就是这个孩子和将来的孩子们……"

他把脚步稍一挪移，把认识力就丢失了，面色虽然灰白，而满意高兴神情的余光究竟还看得出在面上萦绕。

尾 声

一忽儿过了三年。

在基耶夫市场上团聚了许多民众，正听着世所罕有的音乐家演奏。他虽然是位失目的人，而风传着都说，他对于音乐上的天才和他各人的命运，简直真是一段佳话了，都说他是幼时被盲人队从富裕人家里劫掠出去的。

当他未遇著名的一个博士尝试他的天才的时候，他就在盲人队里飘泊了。此外还有一种说法，说他因为受了浪漫主义的激发，自己由家里跑出和盲人结队的。这市场上会议厅内人山人海，所以敛聚的款额（作为慈善事业的）都超过计划上所规定的了。

每在台上走出秀美巨眼灰白面色的青年的时候，这满场嘈杂之声没有不立即消灭下去的，如果他的眼睛不那么呆视，又没有玉手纤纤的妇人（据众人说这是乐师的妻子）在头前引。

"无怪乎他与人有一种极动情感的印象。"人丛中一个好批评的对着坐在他身旁的那人说，"他的外表很像台上伶人作戏的样子。"

实在他灰白脸上带着一种深思凝神的样子，就是不动转的眼睛和他那全部身形都好似倾听什么特别的东西一般。

俄国南部的人民都很喜欢自己的乡曲，所以此处市上各色的民众，被这种真诚所发扬出来的声曲束缚住了。他家乡"自然"之活跃感觉和民腔直接渊源之神妙的关系都由盲人的手下流唱出来。有声有色曲折悠扬鸣响的音流不住飞旋，一会儿像凯旋之歌高扬，一会儿像深切悲伤的曲儿低落。有时在远处听着就像天际狂风刮着刮着就消灭在无穷的广大里，也有时像旷野的微风在草木或土陵上铮鸣，给路上行人提起已过的愁思。

当他曲终的时候，狂呼民众鼓掌的声音盈溢全堂。盲人垂着头坐在那里很觉诧异，倾心听着这轰动的声音。于是他又抬起手来，击动琴上压木。万众的喧哗声立时就消灭下去。

正在这个当儿，玛克西姆走来。他仔细地瞧着这群带着贪恋热烈眼神的民众。

这位老者也听着，也着急地等待着。他对于这各种声音上的活剧，比这群人中哪一个都特别明了。他以为从胸中自然流露出来的雄壮作品必如从前似的，在他盲教养者心中变而产生新伤痕的惊慌病苦的疑问会立即崩绝。乃事竟不然，这种声音反增大、坚固、充实了，并且越发显着雄壮而有威权，把固结殆灭群众的心灵都摆卷而去。

玛克西姆愈倾听，则盲人弹奏里的曲调愈清晰。

是，这是喧闹的街道。光明多声万种生活的波涛时而崩碎，时而发光带着千声万响往下奔驰。它一会儿升腾起来，增大起来，一会儿跌落下去，入了连绵不绝之幽远声响里边，归终总是安详的、美丽的、平和的和冷静淡泊的。

玛克西姆之心也平静下去了。忽然盲乐师手下又跑出呻吟的声音来。

跑出来，响了一下，就静灭了。又出来活跃的鼎沸声，一会儿比一会儿清朗有力，这是璨烂流啭幸福光明的声音。

这已经不单独是他个人痛苦呻吟之声和盲人特有的灾罪。老者眼内现出泪珠。而在他人眼里，一定谁也不能说他是个无目的人。

"他眼睛是看见东西来，这不是虚言！"玛克西姆想。

在这明朗热闹的音调里，那种幸福自有劲儿，好似旷野的流风，无牵无挂在纷杂广漠沸腾的生活里，在时而悲伤时而庄严民歌的吟唱里，作出一种揪抓心肠腔调，愈往后愈紧愈严整有力。

"不错，不错，我的孩子！"玛克西姆心中赞想，"你在这欢喜幸福里追捉他们……"

过了一会儿在会场失神群众之中只听着有一个盲人歌儿……

"施舍些给盲人们吧，权看上帝的情分。"

然而这并不是央索恩惠的请求，也不是被市井之声所淹灭可悯可怜的号泣。凡从前抛特立克因为这种势力皱面避琴无力和它食人般之痛所抗抵的时候所遭遇的，无不备有。现在他在心里把这个歌儿战胜，又用生活上真理之可怕与渊博以操纵人众的心理。这是朗朗光辉

168

中之黑暗，生活上充分幸福中不忘困苦之金针。

仿佛众人头上有霹雳之声发作，每人心中都不住乱跳，就像盲人飞快的两手于回还之中碰着他们了一般。他早就住了，而众人仍保有葬殓死人般的那种寂静。

玛克西姆低下头去可就想道：

"是，他眼睛是看见东西了。他把盲人不足自私的痛苦解除，心中有了生活上的感觉，人世的喜乐辛酸他都觉得出来。他的视官真算恢复了，并且还会警诫幸福之人不得忘却不幸福之时。"

这位老战士之头愈益低垂。这不是他把自己的事情做完了吗？他总算没在世上白活一场，会场里威严多力驭御众人的意思他就说述这个来⋯⋯

这是盲乐师初次登场的情形。

一九二四年五月二十一日译竣

"俄苏文学经典译著·长篇小说"书目

沙宁　　〔苏联〕阿尔志跋绥夫 著 / 郑振铎 译

罗亭　　〔俄国〕屠格涅夫 著 / 陆蠡 译

少年　　〔俄国〕陀思妥耶夫斯基 著 / 耿济之 译

死屋手记　　〔俄国〕陀思妥耶夫斯基 著 / 耿济之 译

罪与罚　　〔俄国〕陀思妥耶夫斯基 著 / 汪炳琨 译

卡拉马佐夫兄弟　　〔俄国〕陀思妥耶夫斯基 著 / 耿济之 译

白痴　　〔俄国〕陀思妥耶夫斯基 著 / 耿济之 译

铁流　　〔苏联〕绥拉菲莫维奇 著 / 曹靖华 译

父与子　　〔俄国〕屠格涅夫 著 / 耿济之 译

处女地　　〔俄国〕屠格涅夫 著 / 巴金 译

前夜　　〔俄国〕屠格涅夫 著 / 丽尼 译

虹　　〔苏联〕瓦西列夫斯卡娅 著 / 曹靖华 译

保卫察里津　　〔俄国〕阿·托尔斯泰 著 / 曹靖华 译

静静的顿河　　〔苏联〕肖洛霍夫 著 / 金人 译

死魂灵　　〔俄国〕果戈里 著 / 鲁迅 译

城与年　　〔苏联〕斐定 著 / 曹靖华 译

钢铁是怎样炼成的　　〔苏联〕奥斯特洛夫斯基 著 / 梅益 译

诸神复活　　〔俄国〕梅勒什可夫斯基 著 / 郑超麟 译

战争与和平　　〔俄国〕列夫·托尔斯泰 著 / 郭沫若　高植 译

人民是不朽的　　〔苏联〕格罗斯曼 著 / 茅盾 译

孤独　　〔苏联〕维尔塔 著 / 冯夷 译

爱的分野　　〔苏联〕罗曼诺夫 著 / 蒋光慈　陈情 译

地下室手记　　〔俄国〕陀思妥耶夫斯基 著／洪灵菲 译

赌徒　　〔俄国〕陀思妥耶夫斯基 著／洪灵菲 译

盗用公款的人们　　〔苏联〕卡泰耶夫 著／小莹 译

在人间　　〔苏联〕高尔基 著／王季愚 译

我的大学　　〔苏联〕高尔基 著／杜畏之　萼心 译

赤恋　　〔苏联〕柯伦泰 著／温生民 译

夏伯阳　　〔苏联〕富曼诺夫 著／郭定一 译

被开垦的处女地　　〔苏联〕肖洛霍夫 著／立波 译

大学生私生活　　〔苏联〕顾米列夫斯基 著／周起应　立波 译

奥尼金　　〔俄国〕普希金 著／甦夫 译

盲乐师　　〔俄国〕柯罗连科 著／张亚权 译

家事　　〔苏联〕高尔基 著／耿济之 译

我的童年　　〔苏联〕高尔基 著／姚蓬子 译

贵族之家　　〔俄国〕屠格涅夫 著／丽尼 译

毁灭　　〔苏联〕法捷耶夫 著／鲁迅 译

十月　　〔苏联〕A. 雅各武莱夫 著／鲁迅 译

安娜·卡列尼娜　　〔俄国〕列夫·托尔斯泰 著／周笕　罗稷南 译

克里·萨木金的一生　　〔苏联〕高尔基 著／罗稷南 译

对马　　〔苏联〕普里波伊 著／梅益 译

暴风雨所诞生的　　〔苏联〕奥斯特洛夫斯基 著／王语今　孙广英 译

猎人日记　　〔俄国〕屠格涅夫 著／耿济之 译

上尉的女儿　　〔俄国〕普希金 著／孙用 译

被侮辱与被损害的　　〔俄国〕陀思妥耶夫斯基 著／李霁野 译

复活　　〔俄国〕列夫·托尔斯泰 著／高植 译

幼年·少年·青年　　〔俄国〕列夫·托尔斯泰 著／高植 译

烟　　〔俄国〕屠格涅夫 著／陆蠡 译

母亲　　〔苏联〕高尔基 著／沈端先 译